瑪嘉烈與大衛的綠豆

再版序

南方舞廳

退一步想

如果重新再選擇一次，我會讓《綠豆》改編成電視劇嗎？這個問題最近一直在腦海出現。成了電視劇的《綠豆》，播出之後，口碑不錯，觀眾似乎頗接受這個節奏較慢的拍攝方式，沒有甚麼「負皮」，也讓更多人認識了「瑪嘉烈與大衛」這個系列的作品，為何仍有不想《綠豆》被改編的糾結呢？

大抵創作人最怕的不是沒飯開，而是自己的作品不能以原貌出現。有看過小說再看電視劇的朋友問我，為何小說的口不對心、互相欺騙的情節沒有了？說真的，我也不知道。這不是不負責任，而是一個劇本寫好了，去到演員、導演的演繹，可以有很大的落差；整個團隊，每一位都有自己的專業，對如何演繹這個故事都很有自己的見解，作為一個原作者和一個不大稱職的監製、編審，可以做到的就是退一步想。

究竟我想「瑪嘉烈與大衛」得到甚麼？那不是重點，想「瑪嘉烈與大衛」讓人得到甚麼才是。

由《瑪嘉烈與大衛的最初》被改編成「等緊開台劇」那時開始，已經不是南方舞廳一個人的事情。希望「瑪嘉烈與大衛」能夠做到一新觀眾耳目之餘，也希望它可以為業內有才幹的人帶來機會，一些在一台獨大的時代不會出現的機會。

所以，由最初開始我們用了很多外行人、新面孔來做這件事，導演沒有拍劇的經驗，負責唱主題曲的是街頭歌手，到了〈瑪嘉烈與大衛系列 綠豆〉這個精神也沒有變。我們有能壓台的林保怡，但同時也有久未在港拍劇的廖碧兒，如無意外（執筆之時落實了百分九十）還有趙學而客串兼唱插曲。

得到觀眾喜歡，有份參與的人能夠發揮，滋潤了「瑪嘉烈與大衛」的存在價值，看到參與的各位十分用心和享受，這才是最大的收獲，我個人的感受可以靠邊。想到這裡，如果重新再選擇一次，我還是會讓《綠豆》改編成電視劇的，大家想看這個故事原本的模樣，可以看書吧。

最後，要多謝香港人出版不能再多的支持，也感謝 ViuTV 給予的自由度，容許「瑪嘉烈與大衛」的胡作非為。

最最後，原本預計「瑪嘉烈與大衛」的故事在《綠豆》之後應該劃上句號，但因為 Diamond 這個角色，我打算把故事延續，在這裡也要特別多謝廖碧兒小姐帶來的靈感。

〇

序

南方舞廳

我們都想找個伴侶共同生活、分享人生，但找到了之後，卻懷念獨處的時光，人就是這麼矛盾。

雖有甜美生活之說，但生活也會逼人，活生生活是真實而赤裸的，不容粉飾、無從裝扮，牽涉的都是實際問題。

現實生活層面所要面對的，最熱門必然是所有香港人都關心的住屋問題。你想租屋，因為想過凡人過的生活，一年可以去兩次或三次旅行；但他想買樓，希望大家可節衣縮食三、五、七年來一起儲首期，旅行豈在朝朝暮暮？上車大過天，這樣的分歧不容易收窄，必然有一方要大幅讓步。

好了，解決了住屋這些大是大非的問題，還有實踐在生活上的細節。

不要小覷兩個人睡在同一床上、用同一個廁所這些小事，那可以是不能愛下去的原因。他永遠不會換廁紙，吃完的碗碟永遠不會洗，你會不哼一聲替他收拾殘局嗎?另一方面，你不知道的是，每次開電視，他會給你怨懟的眼神，因為遙控器永遠都不在原位。感情好的時候，這些小事情會潛入海底，但當情海翻波時，便再自動浮出來。

假設，生活習慣也搞妥了，但最不能預測的就是大家生命裏還會遇上甚麼人。當你以為可以相安無事穩定下來，有些人會不知從甚麼地方走出來，目標是搗亂你的感情生活。

兩個個體，二合為一，你中有我，我中有你，這是一個很浪漫的說法，但要轉化為生活，會遇上很多考驗、誘惑，需要經過妥協、遷就、了解來克服，過程漫長，結果可以是珠聯璧合，也可能一拍兩散；瑪嘉烈與大衛今次面對的就是如此種種。

機緣巧合，瑪嘉烈與大衛會化成影像，且有了一首主題曲。兩個人相處的智慧大抵已經寫在歌詞裏，分享大家的缺點，有些事情何妨互相欺騙。

……我們的……

林若寧

你的上唇和我的香煙
太孤獨何妨互相取暖
沒計劃那麼遠
聯起兩個世界便一起探險

我的發炎和你的高燒
這麼病何妨互相感染
病榻上吻一遍
聯起兩個世界病菌中發展

你說 有我便有你
我說 知己便知彼
我倆 最慶幸曾偶遇呼吸空氣 呼吸到你
你說 如我倆被放棄
我說 更要黏在一起
我倆 被世上忘記亦會憶起我與你 結識日期

你的鼻鼾和我的AV
有些事何妨互相欺騙
願意扮看不見
聯起兩個世界熟悉陰暗面

我的面油和你的色斑
最真實還原落妝的臉
讓缺陷更親切
聯起兩個世界就分享缺點

你的寂寥和我的孤僻
這關係聯成幸福虛線
樂意被你改變
聯起兩個世界做彼此配件

我的十年和你的一天
這生活維持互相虧欠
直到脈搏酸軟
如果老了你我便分享鈣片

綠豆的大衛與瑪嘉烈

目錄

瑪嘉烈與大衛的綠豆

目錄

瑪嘉烈與大衛的綠豆

目錄

瑪嘉烈與大衛的綠豆

目錄

同居是每對戀人都要面對的課題，那是感情更進一步的里程碑，有些同居是婚前的測試，為大家預習對方的生活方式，沒有大問題便可以放心結婚。另一些，是因為打得火熱，誓要朝夕相對，一撻着便要連體，再有一些是因為其中一方不願結婚，同居是出於安撫，婚書沒有，但有門匙，總可以暫時息事寧人。

瑪嘉烈與大衛偶爾也會在對方的家裏過夜，借宿一宵、兩晚，實際上還是各有各生活，大衛覺得差不多是時候打破這重隔膜，經過慎重考慮，大衛打算正式邀請瑪嘉烈和他一起同居。

大衛當然怕瑪嘉烈會拒絕，以一個那麼需要個人空間的女人來說，和她分享一個生活空間絕對是一種考驗。瑪嘉烈不屬於貞子纏身類的女子，總有些時候她會整天音訊全無，隔天才出現，大衛留意到這是她的行事作風。

相處需要留白，如何在同一屋簷下，但各有自己的私人空間，是一種挑戰。

「一起住好嗎？」大衛沒有預備甚麼開場白。

「住哪裏？」想不到瑪嘉烈的反應那麼快，而她不是答好或不好，她的答案沒有否定的意思。

「我家吧。」

「你家夠空間放兩個人的衣物嗎？」

這個問題倒考起大衛。和很多香港人一樣，大衛的家不過幾百呎，算比較幸運的那是一層舊樓，沒有窗台，實用率比較高。

「我會給你騰出些空間，我的衣物也不太多。」實在大衛不算有太多身外物，至少他不砌模型。

有些成年的大男孩，以一把年紀還沉迷少年玩意而自豪，家中一堆漫畫、模型，視如珍寶，不許別人觸摸，實在可怕。大衛家裏最多的就是即食麵，明明家裏還有，但每次去超市都要買，他相信自己有買即食麵的強迫症。

「嗯……你有沒有想過搬來我家住？」

料不到瑪嘉烈有此一問，他從來沒有考慮過一對情侶同居，是男方搬進女方的家，她這樣一問，大衛不懂反應。

「如果，我搬去你家，我的家怎辦？又不想隨便租出去，丟空又浪費，不如你搬過來啦，你又沒有辦公室的地點要遷就。」

原來，邀請情人同居，有那麼多的現實因素要考慮，不只是你愛我，我愛你便解決到。大衛的住所是租的，沒有瑪嘉烈那邊那麼大問題，但問題是大衛其實有點大男人，不想搬進女友的家。

「附近有車位出租的，可以泊車。」

「這好像不太好。」

「有甚麼不好？」

「那麼……我負責供樓？」

「你放心，我不會讓你白吃白住的。」

「你真的不考慮搬過來和我同住？」

「都說我不是不想跟你一起住，只不過地點可以在我家，你覺得有甚麼問題呢？怎樣計那條數，都是你搬過來比較划算，你又可以省回租金。」

大衛有點後悔未想清楚便提出這個要求，現在又不能收回，而他又的確不想搬去瑪嘉烈的家，真是進退兩難，怎算好？

「現在有時候，我去你家，或你來我家，不好嗎？」

瑪嘉烈這樣說是在暗示甚麼嗎？

兩個人決定一起居住，可以令感情跨出了一步，展開新一局，帶來新衝擊。

瑪嘉烈並不抗拒，但她總不能不往實際處想，一對情侶總有一個實際、一個不切實際，在同居這個課題上，不切實際的是大衛。最後，大衛決定重新租一個地方，他寧願多付租金，租一個大一點的，地點近瑪嘉烈上班，滿足她所有要求，也不想搬進瑪嘉烈的家。她也明白大衛的想法，但又真的覺得不必要，但既然他這麼頑固，瑪嘉烈也不再堅持。

和喜歡的人一起生活，怎麼說都是一件快樂的事。

這一天，他們一起去置家品，他們去了宜家傢俬。瑪嘉烈想不到怕人擠的大衛竟然會選擇假日來宜家，而且看得出他十分雀躍，一入門口就拿了手推車。假日的宜家人山人海，有人買、有人試、有一家大細、有小夫妻。

瑪嘉烈見到每一張梳化都有人坐着，他們沒有在比劃、研究梳化的質地、尺寸，他們是悠然自得地坐着，有一對年輕情侶坐在一張兩人座，女的把身體軟攤在男的身上，男的在玩手機；另一張單人座，坐了一個老伯，老伯在閱報，沒有一、兩個小時，大抵他也不會離開，莫非這裏的傢俬真的讓人有家的感覺？

「我們先看甚麼好呢？」大衛推着那架超大的手推車，在人群中只能寸進。

「我寫低了要買甚麼。」大衛拿出一張紙，上面密密麻麻的寫滿了。

「真的有那麼多東西要買嗎？」瑪嘉烈這樣想。

「餐具買甚麼顏色好？」大衛沒有等瑪嘉烈的答案，自顧自拿了一堆雜物，廁所刷、門口地氈、飲管、層架，然後他們來到了賣床上用品的部門。

「來，試試這張。」大衛拍拍床褥，自己率先坐低，左按按，右按按。

「宜家的床褥尺碼很奇怪，一定要他們的床架才放得下。」瑪嘉烈沒有坐下的意圖。

「那一併買床架就可以，沒有問題。」大衛敲敲床架：「木來的。你喜歡床褥軟還是硬？我記得你家那張比較硬。」

「硬，我不能睡軟的床，會背痛。」瑪嘉烈答道。

「我倒沒有甚麼所謂，試試這一張。」大衛又轉過去另一張床，這次他竟然畢直的瞓了上床。

買床褥雖然溫馨，但要在大庭廣眾試瞓，不試又不行，難得大衛好像樂此不疲。

「床褥很重要，再看看吧，找天再試。」瑪嘉烈翹着手，站在一旁。

「噢，好，這張也一般，改天再看。」大衛這時才醒起，瑪嘉烈今天穿了一條短裙。

瑪嘉烈想告訴大衛，床褥她用慣了一隻歐洲牌子，她不希望隨便改變這個習慣。

大衛從來沒有跟誰同居過，未發展到那個階段感情便結束了，能夠和瑪嘉烈發展到這一步，老實說，大衛是有點意外的；他現在明白，原來所有說自己適合獨居的人，只不過是未找到一個想和他一起生活的人，於是才編個孤傲的藉口。

他並不十分喜歡宜家傢俬，只是價錢與品質相稱，且並不耐用，那些衣櫃拆了再裝，多數會走樣，兩邊櫃門的高度不可能再對稱。但是，宜家傢俬有一種小夫妻的氣氛，那種放工相約在一起，吃一頓快餐，然後去行宜家，有情飲水飽，大衛想感受一下這種情懷，他以為他和瑪嘉烈會有。

可能挑錯日子，又或者瑪嘉烈根本不喜歡宜家，他感到她隱隱散出不耐煩。

情人如不耐煩，大衛總能夠感覺到，他有想過，是不是自己太敏感，事實證明他沒有錯；他的確是敏感，只有敏感的人才會在乎別人跟自己一起時的情緒。

情侶相處就是這樣，戀愛氣氛熾熱時要享受，淡靜下來便要忍受，沒有永遠的濃情蜜意，相愛很難，相處也很難。搬屋、裝修絕對可以令一對情侶的感情破裂。大衛認識一對朋友，他們經歷了第三者的挑戰，就在和好如初，買樓結婚的時候，在決定房子用甚麼地板時鬧翻；戰勝外遇卻輸給裝修，分手的原因真的不能預計。

他在這方面很有自己的堅持，一定不要紙皮石，無論多精緻的紙皮石，只會令他想起公廁，第二是不要牆紙，他不明白牆紙為甚麼會被發明，揀裝修的時候這兩項是重點。灣仔有一條街，專賣裝修材料、家居用品；這天大衛一個人來到，想為新居買窗簾。窗簾有很多選擇，有窗紗簾、風琴簾、羅馬簾，大衛基本上只喜歡百葉簾，簡單方便，他最怕日間的房間是黑漆漆的，他喜歡被陽光喚醒的感覺。但是，女人的選擇總不會那麼平凡的，瑪嘉烈可能喜歡看到窗簾被風吹起時的飄揚也說不定，既然這樣，倒不如問問她吧。

「喜歡甚麼窗簾？」大衛發了一個訊息給瑪嘉烈。

瑪嘉烈很快回覆，回覆只有三個字：「你話事。」

大衛不會上當，他回覆：「百葉簾？」

瑪嘉烈回應：「有遮光的嗎？」

大衛喜歡瑪嘉烈的其中的一個性格，就是若果她不喜歡的話，是會毫不客氣的表達意願。

後來，他們搬進新屋的時候，房間的三面窗都是遮光的窗簾，不打開的話是日夜不分，大衛因而經常睡得天昏地暗，原來沒有太陽的騷擾也是另一種享受，最重要當然是瑪嘉烈和他一起天昏地暗。

瑪利亞

瑪嘉烈是一個不太會做家務的女子，因為她和很多香港人一樣，家裏不是有外傭，就是有鐘點；她很會煮飯，也會擺枱，但是吸塵、拖地、抹窗、洗廁所、換床單、洗碗、熨衫，統統都不用她操心，但搬了家之後，誰做呢？

雖然，大衛說他很喜歡做家務，他喜歡把家裏執拾得整整齊齊，他也是一個很有手尾的人，用完的東西會放回原本的位置，把電視機關了之後，幾個遙控一定放回原位，電視機的放最左、收費電視放中間、DVD機放右邊。瑪嘉烈對此沒意見，喜歡整齊總好過混亂凌亂。

但一個家，兩個人都有份，只依賴大衛做家務，實在有欠公平，有點過意不去，她更不想自己的男朋友為她洗內衣褲，男人有些事情是不能替女人做的。於是，她提出請一個鐘點女傭的建議。

「我以前用開的鐘點不錯的，不如找她來幫手？你不用那麼辛苦。」瑪嘉烈試探。

「不辛苦，以前我都是自己做家務，慣了，交給人做反而不慣，最怕人亂放我的東西，況且這裏地方也不大，很簡單的。」

「或者只需她幫手洗熨，我怕你熨爛我的衣服。」瑪嘉烈胡亂找些原因。

「但是，我不太喜歡家裏經常有陌生人出入。」

「可以安排好我們不在家的時間讓她上來，你不會見到她。」

「你覺得真的有需要嗎？我的衣服沒多少需要熨的。只負責洗熨，又好像太浪費。」

「我負責這方面的費用，好嗎？」瑪嘉烈有點不耐煩。

「那又不是錢的問題，你不想我幫你洗衫嗎？」

瑪嘉烈默不作聲，她的沉默就是答案。

大衛的家從來沒有傭人，一家人的衣服都是一併洗，家人輪流負責，他倒沒有見過媽媽反對爸爸洗衫，反而他會幫爸爸一起把乾了的衫摺好，這種生活上的親密才是一家人，那是一種愛。但是，明顯地瑪嘉烈不認同這一種親密，又或者他們的愛還未去到那種關係。

「既然你覺得有需要，那你決定吧，我沒所謂，不過可以叫她幫忙換床單嗎？哈哈，要不我會一個月才換一次的；還有啊，其實你用完廚房之後，好像打完仗一樣，也可以叫鐘點順手幫忙。那個鐘點叫甚麼名字？會不會叫 Maria 或者 Maryanne，這種名字好像比較有保證。」

大衛愈講愈多，忽然間對請鐘點這件事興趣大增，瑪嘉烈想要的，他都會給她，而且還會裝作很願意。

大時代

自從電視台重播《大時代》，大衛每天晚上便準時坐在電視機前收看，他告訴瑪嘉烈這次是他第四次看這套電視劇。

瑪嘉烈對《大時代》的印象很模糊，只記得人人都談論的鄭少秋把四隻蟹擲落街，當時年紀小，只覺得驚嚇，其他的劇情沒有甚麼印象，對於大衛對這部電視劇的沉迷，她感到莫名其妙。大衛屢次向她推介這套電視劇，叫瑪嘉烈一起看，她也有坐在梳化上嘗試觀看，但看了兩看，便開始翻雜誌，有甚麼好看呢？

「這劇是男人劇，對嗎？」看那聚精會神盯着電視機的大衛，瑪嘉烈問道。

「甚麼男人劇？」大衛還是盯着電視機。

「你很喜歡周慧敏嗎？」

「嗯……」大衛應該是沒暇理睬瑪嘉烈，但恰巧是廣告時段才回過神來。

「周慧敏？我喜歡慳妹，不是喜歡周慧敏。」

「慳妹有甚麼好？就是因為慳家？」

「慳是不在話下，哪有女子的性格這麼好？又純情、又專一，她處處都是為方展博着想。」

「那劉青雲的老婆呢？她對方展博都很好。」瑪嘉烈所指的是劉青雲現實生活中的老婆，郭藹明在戲中的角色龍紀文。

「龍紀文不是不好，她也很愛方展博，願意為他付出很多，但她不及慳妹了解他。男人不需要女人犧牲，只想無論發生甚麼事她都支持自己。」

「我記得有一場戲是龍紀文發毒誓對不對？甚麼天打雷劈、腸穿肚爛、孤獨一世。」瑪嘉烈忽然記得這個場面。

「我以為你未看過呢？對，她為了要救方展博，可惜天意是慳妹的機緣巧合救了他，發多毒的誓也沒有用，一個人不屬於你，你連想幫他的機會也沒有。」

「這套劇看來都鑾有深度。」

「簡直是經典，要不也不會看四次，也想和你一起看。」

「為甚麼呢？我也不喜歡炒股票。」廣告時段在這時候完了，大衛的注意力又回到電視機。

慳妹正在回鄉的巴士途中，她打開方展博趕過來送給她的禮物，頭箍、散錢包、電子遊戲機、熊仔玩具、風扇仔，沒有一件是值錢的，但當中的心意不能用金錢來衡量。

那邊廂方展博也拆開慳妹送給他的錄音帶，他急不及待跳上的士叫司機播放，《乘風破浪》、《前程錦繡》、《奮鬥》、《網中人》，裏面全是勵志歌，最後是慳妹自己唱的《紅河村》。

人們說你將要離開村莊
人們將懷念你的微笑
你的眼睛比太陽更明亮
照耀在我們的心中
想一想你走後我更痛苦
還有那熱愛你的朋友

瑪嘉烈把頭挨在大衛的臂膊上，大衛給瑪嘉烈遞上紙巾。
「我只可以看感情戲，那些掟人落街的戲我不看的。」瑪嘉烈說。
「好吧，到時我幫你掩着眼。」

中秋節

普天下的愛侶都喜歡慶祝，聖誕、新年不在話下，與愛情有關的節慶，如情人節、元宵、中秋、七夕，一個都不會放過。老套一點講句，有愛的人在身邊，其實每一天都值得慶祝，又豈在朝朝暮暮？心態可以是這樣，每天都會感謝愛神，但人類要這幾種感謝化諸在慶祝活動身上，才覺得實在。喜歡慶祝的又以女性居多，可能是賀爾蒙的關係，不安排節目，她們便會以為男友愛得不夠，男方也樂於應酬，大魚大肉，大吃大喝也需要找藉口。

一年容易又中秋，不過今年的中秋跟往年不同，大衛的身邊多了瑪嘉烈。

瑪嘉烈不算是那些典型女友，她對燭光晚餐沒有甚麼好感，她嫌燈光太暗，餐牌也看不清，所以和她慶祝節日，不必要大龍鳳，心思比較重要。

大衛決定和瑪嘉烈去看電影。

《阿飛正傳》終於有續集了，大衛知道瑪嘉烈一定很想看，雖然電影已經沒有了張國榮，但是還有梁朝偉，女主角仍然是蘇麗珍，廿年後的蘇麗珍由劉嘉玲來演，至於露露這個角色則由吳若希來演，她還會唱電影的主題曲。無論如何，瑪嘉烈還是想看的。

「Sorry，中秋節那一晚，全線戲院都滿座了。」大衛告訴瑪嘉烈。

「嗯……不一定要那一晚看的。」

「《學警出更》新一集上畫了。」

「《學警出更》？」

「對，很好笑的，你不覺得嗎？」大衛的確很喜歡看這些不需要用腦的笑片。

「你想看嗎？那看《學警出更》吧。」

中秋節，對情侶來說真是一個大節日，那一晚大大小小的餐廳都分兩個時段，第一輪六點，第二輪八點，大衛最討厭有下限的進餐時間，於是他決定買七點半的電影戲票，入戲院吃熱狗。中秋節都算一個有意義的節日，除了出街看電影，還應該送一些甚麼給瑪嘉烈。

大衛有認真地考慮過整一個月餅給瑪嘉烈，然後學劉伯溫在月餅裏藏一張字條，坊間也有這些月餅速成班，但他實在不想跟OL和師奶們一起上堂，便把這個念頭打消，簡簡單單看場電影也是一個好節目。

他買了熱狗和爆谷，瑪嘉烈喜歡吃鹹的爆谷，很古怪的品味。他們約了在戲院裏面等，有些人喜歡在戲院外面等，見到大家一起買食物，互相等大家去完洗手間才進場，但是瑪嘉烈從來都是說在裏面等，大衛知道她是不需要男朋友無微不至的女人。

他們的座位是大堂靠左，那一列座位都是只得兩個位，大衛最怕有人出出入入，這種兩個人的位置就最好。原來，瑪嘉烈已經一早到了。

「你買一隻熱狗？」瑪嘉烈把大衛手裏的熱狗拿了過來。

「對啊，不知你吃不吃，你吃吧，我再去買。」大衛把爆谷和汽水都放低之後，便匆匆再走去買熱狗。

到大衛再進場的時候，電影已經開始。

王家衛的電影有個好處就是對白不多，有的都很精警，螢幕上的梁朝偉和廿幾年前一樣，《阿飛正傳》的續集，時空已經是未來，劉嘉玲的造型就是一個外太空版的武則天。

「喂，我們一定要看這套戲。」瑪嘉烈對大衛說。

「你說甚麼？」大衛假裝莫名其妙。

「《阿飛正傳續集》呀！」

「我們現在不是在看嗎？」

「甚麼？我們不是看《學警出更》嗎？」

「我騙你的。」

「哈哈哈……我正在想為甚麼 Trailer 那麼長……」

「Shhh!」前方和後方的觀眾一起 Shhh 瑪嘉烈和大衛。

大衛覺得這個中秋節的驚喜也安排得不錯。

（二）

‧‧‧夜遊人‧‧‧

自從瑪嘉烈和大衛住在一起之後，大衛刻意不在晚上開工，雖然在夜間駕駛是大衛的興趣，但興趣可以改變，他不想和瑪嘉烈玩日與夜的遊戲。

這晚卻是例外，他駕着的士，漫無目的地前進，駕車這工種很狡猾，表面上永遠向前，別人不知道內情，總以為他們成竹在胸，向目標進發；其實，手握軚盤的人，毫無方向。駕的士的，表面上是客人去哪裏，他們便去哪裏，不能自主，實際上又有種情況叫揀客，揀對地點才讓乘客上車。

夜間的士司機是的士行業中最惡的一群，他們只需要「冚旗」，看到有人截車便攪低玻璃問對方去哪裏，一聽到要過海，首先耍手，太偏僻的不去，太近的也不去，為甚麼他們不索性收工呢？

大衛今晚和很多同行一樣，都是「冚旗」，但他不是揀客，他真的無心做生意，他只是想駕駕車兜兜風。

不知哪裏來的鬱悶心情，他不是一個住家男人，但跟瑪嘉烈住在一起之後，他刻意調整工作時間，換取大家更多見面的機會，但似乎瑪嘉烈的反應不似預期。

大衛沿着一條熟悉的路而行，不經不覺，他來到瑪嘉烈的舊居。這真是一件極度無聊的事情，她人在你家，但自己不回家，卻來到她的舊居。

談戀愛的人就是有太多多餘的愁善感，胡思亂想當做浪漫。大衛看着那幢粉紅色外牆的大廈，想起當初經常來兜截瑪嘉烈，幻得幻失，不知道她有沒有已上了另一架的士。

他看着瑪嘉烈居住的單位，黑漆漆的。

他記得第一次送瑪嘉烈回家，和她一起坐電梯，送到她上樓，他心裏一直盤算着，如果她不邀請他進去，他是否應該採取主動，大衛沒有甚麼不軌企圖，他只是想看看他喜歡的人的住所，餐枱是圓形還是方形，枱面上有沒有放花瓶，有的話，插的是甚麼花？是玫瑰還是百合；牆是甚麼顏色，她的水杯是高的還是矮的……

電梯門打開，原來那是一幢一梯兩伙的大廈，一出電梯右手面就是她的家。

「要飲杯嘢嗎？」瑪嘉烈一面插入門匙，一邊問。

大衛記得那一刻的喜出望外。

時間怎麼過得那樣快？還是感情發展得比時間快，好像甚麼都沒經過，忽爾有了一種老夫老妻的感覺，中間的過程好像掉進了黑洞，他們究竟經歷了甚麼所以來到這地步？很久沒有那種期待得到實現的快樂了。

大概是時候回家了，已經差不多凌晨兩點，瑪嘉烈沒有找過他，可能她正在享受自己的獨處時光吧。

大衛覺得間中出來夜遊一下，應該能夠增進彼此的感情。

聽甚麼歌好呢？

瑪嘉烈第一次登上這輛的士時，車裏是播着這首歌的：

都只因你太好　找不到應走退路
我要進已無去路
進退　我不知點算好

(一)威士忌

瑪嘉烈知道，大衛有等她回家的習慣。

每逢她約了朋友去夜街，過了午夜時候才回到家，大衛總會出來迎接她。

他迎接她的方法很含蓄，只有在瑪嘉烈走進浴室之後，大衛才會出現，他通常會在廚房，不知弄些甚麼，故意發出一些聲音，讓瑪嘉烈知道。而瑪嘉烈知道大衛是故意的。大衛為甚麼要這樣做？他想裝出一個他未睡是因為肚餓，不是因為要等她回家的狀況。

每次瑪嘉烈洗完澡之後，大衛通常在吃宵夜，然後問她要不要也吃一點，瑪嘉烈依稀記得每一次夜歸，家裏都有這個場面出現。這種做法，其實也蠻自然，但是在凌晨三點也一樣，就不太合理。瑪嘉烈沒有識穿大衛的意圖，有人等自己回家是一件幸福的事，她是知道的。

這是一個很溫馨的行為，如以前跟家人一起住，每每夜歸總有一碗住家老火湯放在枱面一樣。不過，瑪嘉烈不覺得大衛等她回家是一種溫馨，她覺得這是大衛予她不能太夜歸的壓力。

瑪嘉烈和大衛，他們兩個都沒有互報行蹤的習慣，偶爾告訴對方沒有空，也沒有解釋為甚麼沒空，他們絕對不會告訴對方約了誰、去哪裏、甚麼時候回家。我回到家了，你甚麼時候回來？未一起住之前，他們已經是這樣，尤其是大衛的工作時間十分不定時，他很喜歡深宵駕駛，所以會開夜班，到了清晨才回家。這方面他們很有默契，不會過問對方的行蹤。

這晚瑪嘉烈參加完同事的歡迎宴，回家打開門跟平時不一樣，才十二點，家裏已經漆黑一片。

她這才想起，自從他們一起住之後，大衛很少不在家，若不是這晚他人不在，瑪嘉烈也不會為意這個轉變，大衛是不是故意減少夜班工作呢？

瑪嘉烈知道家裏無人，心裏有種輕鬆的感覺，這和以前跟家人一起住一樣，有時總想他們出外，然後享受自己一個在家的感覺。

瑪嘉烈在房裏脫個一絲不掛，然後才走進浴室，這是她獨居時的習慣，和男朋友一起住就不能那麼豪放，免得引起對方誤會，她最怕就是沖涼的時候，男朋友又一起擠進浴室，瑪嘉烈完全不覺得這是情趣。

洗完澡，她大字形的攤在床上，腦海甚麼也沒有，很久沒有這麼自由和舒坦的感覺；然後她去拿酒杯，加了一點冰塊，倒了一杯威士忌。現在都流行喝日本威士忌，說適合女性喝，在日本買價錢又平，大量旅客去搜購，結果人家的原酒不夠用，某牌子需要停產。瑪嘉烈懷疑那些搶購的人究竟有沒有喝過威士忌？他們能分出十年、二十年的分別嗎？她一直以來都只鍾情蘇格蘭威士忌，她舉起酒杯，看着琥珀色的冰塊，她大力搖着酒杯，聽着冰塊和酒杯碰撞的聲音，她愈搖愈大力，彷彿意猶未盡，直到威士忌從杯中濺了出來。

愛美人

大衛和瑪嘉烈一起住之後，多了一個規條，並不是廁板要放落、牙膏要順着唧的低級要求，這些生活的基本細節，如果大家都遷就不了，就不要一起住算了。他們定了，每個月一定有一日是認真的約會，輪流安排節目，總之大家要出去拍拖。有些情侶，一旦同居了，便成了洞穴人，不接觸外面的世界，兩口子放工便回家一起煮飯、看電視、瞓覺，二人世界就只得那張床，感情就是這樣轉淡，很快那個人就只變成生活的夥伴。

感情要以它應有的方式呼吸，愛侶要以愛侶的方式呼吸，不能跳級，未到夫妻的階段，卻用夫妻的方式相處，感情未必經得起考驗。

同居了，也要保持戀愛的狀態，每月一約會的要求是瑪嘉烈的提議，她對於兩口子經常待在家中，覺得很有危機，愛情需要呼吸。

每月的約會其實不需要特別悉心的安排，都不過是挑一家比較好的餐廳，或者看一套電影，只要去賦予那件事的一種意義，就算只是做回日常會做的事情，也有一種特別感。

今個月輪到大衛安排節目，他揀了一家新開的意大利小餐館，大衛會盡量揀一些他倆都沒有去過的地方進行這一次約會，新鮮感對每對情侶來說，都是重要的，而每次他都會要求坐窗口位，他覺得所有女人都喜歡坐窗口位，坐飛機如是、吃飯亦如是。

瑪嘉烈甚少遲到，要是遲的話，她都會傳個訊息給大衛，但今晚外面正下着大雨，已過了約會時間十五分鐘，還是音訊全無，大衛唯有繼續等。

望着窗外，雨愈下愈大，瑪嘉烈有沒有帶雨傘呢？

餐廳大門有動靜，大衛總是第一個看到瑪嘉烈的。今天的瑪嘉烈有點怒氣沖沖，大衛看到她的衣袖、肩膊都濕了。

「你有沒有想過以後不再揸的士？」瑪嘉烈的語氣十分認真。

「香港的的士司機夠啦，外面下着大雨，排隊等的士有幾十人，每一架都冚旗，然後逐架攬低車窗問去哪裏，聽到合心意的才讓乘客上車，我真的以為自己是Julia Roberts、Pretty Woman的Julia Roberts呀，在日落大道等嫖客問價，價錢對就上車，可惜不會遇到Richard Gere，只會遇到又臭又寸的的士阿叔！」

瑪嘉烈真的憤怒了，大衛從來沒有見到她一口氣不停鬧。

「你先喝點水吧。」大衛替她斟滿一杯礦泉水。

「已經不是第一次，每到放工時間都在揀客，星期五更加厲害，法例准他們揀客的嗎？不是他們，是你們，法例准你們揀客的嗎？」

似乎瑪嘉烈的一腔怒火都要發洩在大衛身上。

「我現在對的士司機的印象大打折扣。」

大衛看着火爆了的瑪嘉烈，他竟然認真地在考慮她的建議：

「有沒有想過以後不再揸的士？」

古有英國國皇愛德華八世「不愛江山愛美人」，今有大衛「不愛揸的士愛瑪嘉烈」，雖然未致於轟烈偉大，但不失為對愛情的一種犧牲。

(二)

‧‧‧潘朵拉‧‧‧

▲陪我說話。

●你想說甚麼？

▲你有沒有聽過 Pandora？

● Pandora ……？宙斯製造的第一個女人，目的為了懲罰人類。每個神都送給她一個特質，美麗、好奇、無知，宙斯將她送給了普羅米修斯的弟弟，在他們婚禮舉行時，諸神各自送給潘朵拉一份禮物，收藏在小盒子內……

▲不是這個 Pandora box 呀！Pandora 是一個首飾品牌，很多女人都喜歡的。

●吓？Pandora 喎，為懲罰人類而被創造㗎喎，用來做品牌名？

▲對，所以女人喜歡，她們喜歡懲罰男朋友，要他們時常買禮物給她

們，你真的未聽過？

●聞所未聞，你喜歡嗎？

▲我比較喜歡你說希臘神話給我聽。

●為甚麼呢？

▲你說懂得講故事的男朋友難得，還是懂得買禮物的難得？

●那你要好好珍惜我了。

▲不要再讚自己，快點繼續講，那個盒子收藏了甚麼禮物？

●貪婪、嫉妒、災禍，因為 Pandora 的好奇心，她打開了盒子……

⋯趙子龍⋯

讀書的時候，班裏總會有一些壞份子，現在看來，他們其實不怎麼壞，只不過是上學遲到、欠交功課，被老師指責時，反唇相稽，比起篤人背脊、借錢唔還、出賣良心，實在微不足道。這些壞份子，通常都沒有人願意和他們做朋友，同學們都很勢利的，誰得不到老師歡心，你跟他一起，你也會得不到老師歡心。

大衛讀中學的時候就曾經認識過一個這樣的同學，他叫趙子龍，可能因為名字的關係，他特別喜歡鋤強扶弱，而他的身形比同齡的同學高大，身手也很了得，他見到有不平事，第一時間就是會出手。

那時班上有四個高矮肥瘦同學，成為一夥，他們不是太高，就是太矮，要不太肥，就是太瘦，外形不平均，心理也不平衡。他們專門欺負女同學，走在女同學的前頭，然後踎低身，看她們的裙底或用手掀起，嚇得她們花容失色，而他們便歡呼拍手，大衛覺得這幫人，今時今日應該成為怪叔叔了。

老師總是看到事實，但看到不事實的全部，他們的眼中，誰動手，誰就是流氓，沒有深究那人被打的原因。有一次，高矮肥瘦在小息之後，四個人的面部都有青色、紅色、瘀黑色，明顯被人打了，他們四個竟然去找班主任求救，賊喊捉賊，就是這個意思，這四個無恥之徒，不是變了怪叔叔或許去做了高官。當年的班主任是一個教英文的老女人，她可能想在退休之前做一件大事，所以非常着緊，把上堂的時間都在找尋疑兇，做學生的甚麼好得過有戲看而不用上堂。老師查案第一件事就是問「誰做的」？這一句話好像警察追捕賊人時大叫「企喺度！咪郁！唔好走！」誰會照做呢？

班主任問了一句「誰做的」？班房寧靜的程度，像是會聽到隔離位的心跳聲，這種死寂的沉默很快便被打破。

坐在大衛旁邊的趙子龍只說了一個單字：「我。」大衛從來沒聽過誰說「我」時可以那麼自豪，好像有人問是誰發明冷氣機，然後他承認這是他的功績那般自豪。

中四那一年，趙子龍以插班生的身份入讀那所學校，他和大衛坐在一起。大衛對這個鄰座沒多大認識，只知他經常遲到、欠交功課，上課的時候很不專心，唯一令大衛有印象的是，趙子龍似乎很喜歡陳慧嫻，因為他的筆盒貼了一張陳慧嫻的相片。喜歡甚麼歌手，某程度上都反映那個人的性格，喜歡陳慧嫻的人應該不會是壞人。

趙子龍教訓高矮肥瘦這件事令他吃了一個大過，他記得趙子龍對他說：

「不要緊，還有兩次。」

這次之後，大衛和趙子龍開始認識，一直到了中五畢業趙子龍都沒有用他那還剩餘的兩次機會。

2 ⋯無名髮⋯

又下雨了，瑪嘉烈在工作的日子，很討厭雨天，因為一定截不到的士，所有的士都冚旗揀客，很討厭。那天，她在大衛面前大鬧的士司機，除了她真的受夠了之外，她還是希望大衛可以轉行。

在感情的最初，只需盡情浪漫，談戀愛，他甚麼職業、甚麼背景，會有怎樣的前途，不會操心，他愛我，把我放在第一位便可以了。但是，當想認真地發展感情，那種認真不只放諸對那個人怎樣對你，還要認真地看清楚現實。

瑪嘉烈不想大衛繼續做的士司機，她覺得大衛可以有其他選擇，揸的士可能是大衛的理想職業，但並不可能是理想，怎會有人的理想是做的士司機這種迎送生涯呢？理想應該比做司機較遠大，大衛還有甚麼理想呢？他會不會想寫小說？會不會想開餐廳？做設計？

現實生活中，瑪嘉烈開始計算生活費，大衛只有個的士牌，然而甚麼都沒有，若果他們要組織家庭，香港的樓價那麼貴，怎樣買呢？如果想維持自己喜歡的生活形式，就不要買樓，一旦要供樓，大氣也不能透。大衛賣掉的士牌，應該可以買樓，但沒有自己的士，難道大衛要租車嗎？結婚是不是一定要買樓呢？真的很煩惱。

瑪嘉烈家人留給她一個物業，其本上是解決了土地問題，但那是她的，她不是不能和大衛分享，但她覺得大衛不會想住她家，他其實是一個大男人。

街上仍然一架願意載客的的士也沒有，瑪嘉烈決定搭地鐵。這個時候，手機響起來，是大衛。

「小姐，是不是Call 車呀？」不是大衛，還有誰？

「我在你附近，來接你？」

瑪嘉烈很喜歡大衛這種驚喜，驚喜不需要大，在適當的時候出現就好了，而每次大衛都好像可以把握到這種時刻，每每都成功闖進瑪嘉烈的心裏，不知道他究竟有何秘訣。

「好呀，快點啦，你在哪？」瑪嘉烈四處張望，她覺得大衛應該就在附近。

瑪嘉烈一直望向遠處，看着轉過來的車輛，從云云的士中，她也總能認出大衛那一輛。今天大衛正在播甚麼歌呢？

踏快車 雨中追 但願停車跟你聚
但我知你的心 盡是情感的禁區
願你知我空虛 但願重新跟你聚
但我知你的心 盡是情感的禁區

「你喜歡劉德華嗎？」瑪嘉烈問。

「這首歌蠻好聽。」可能因為天雨路滑，大衛今天駕車時好像十分謹慎的樣子，答問題也一樣。

「如果劉德華不去演戲、唱歌，你猜他會做甚麼？」瑪嘉烈問。

「剪髮嘛，你不知道他以前開過飛髮舖嗎？」

「剪髮？不知道呢。」

「對，好像說幫人剪髮是他的興趣，於是便開舖，叫無名髮。」

「他真的會在那裏替人理髮嗎？」

「真㗎，我有一次去到就見到劉德華，他還幫我吹頭。」

「沒可能！」瑪嘉烈不信。

「怎麼沒可能？」

「劉德華幫你吹頭？」

「對呀，為甚麼要騙你？他是老闆，間中都會去巡視一下，而明顯他對剪髮有種熱愛，客串一下有何不可？找到自己的興趣，又可以發展成為事業是很難得的。」

或許，揸的士就是大衛的「無名髮」。

「不過，後來因為生意一般，就結業了。」大衛自顧自地說。

瑪嘉烈略有所悟。

〇二・・・看AV・・・

天下所有男人都有同樣的嗜好，是不是嗜好呢？也許是興趣，又或者可稱之為有需要，那就是看AV。瑪嘉烈絕不是一個純情少女，她很了解男性所有需要，有些女人發現男朋友看AV，如像發現色情狂一樣，大吵大鬧，或又以為自己的吸引力不如AV女郎而心灰意冷，跟這些不善解人意的女人拍拖實在是折磨。

與大衛同住的這些日子，瑪嘉烈沒有發現大衛與AV扯上的任何關係，不見在眾DVD光碟中會夾有一兩張四仔，也沒有見他對着電腦有所動作，也沒有埋頭迷腦的對着手機，難道大衛沒有這種需要？

他倆最喜歡的節目就是在家看電影，情侶沒有自己的愛巢，總喜歡往電影院裏鑽，裝作是電影愛好者，一旦有了落腳地，看電影都只會留在家，瑪嘉烈和大衛也不例外。

「我買了幾隻，你想看哪隻？」大衛拿了幾隻影碟給瑪嘉烈。

「為甚麼你還會買碟，不是都已經能在網上找到嗎？」瑪嘉烈看看那幾隻碟，都是近期才落畫的電影，但實在不感興趣。

「網上那些質素不好，經常打格，都不想看嗎？」

「為甚麼你不看四仔？」瑪嘉烈真心想了解一下。

「沒有必要在你面前看吧。」

「為甚麼呢？」

「為甚麼？不太好吧？」

「你看甚麼類型的？」瑪嘉烈最喜歡整蠱他，他愈避忌，她愈要問。

「甚麼甚麼類型？」

「我很明白事理的，這是正常需要，有甚麼好避忌？」

大衛忽然認真地看着瑪嘉烈：「你真的想知道甚麼能刺激我的性慾嗎？」

他這麼一問，瑪嘉烈竟然有點怯。

「還不是那些千篇一律的，我猜你不會有甚麼特殊嗜好吧？」

「好！既然你那麼想知道，我便告訴你。」說完他便從電視櫃的抽屜裏抽了幾隻影碟出來。

「我多數是看它們的。」大衛遞給瑪嘉烈一疊影碟。

原來大衛喜歡外國佳麗，瑪嘉烈看看那疊影碟，全都是外語電影來的，慢着，那些不是色情電影，有幾套的戲名還有點熟悉，且都是同一個女主角做的。

「蘇菲瑪素？」瑪嘉烈有點不相信。

「對哦。」

「蘇菲瑪素給你刺激嗎？」

「我不特別喜歡她，只是發覺你有一點像她。」

「我？蘇菲瑪素？」這個發現真的非同小可。

「對，這些就是我的四仔，看着她，如看着你。」

「那麼，若果有情慾和裸露鏡頭的話。」

「不錯，都會幻想是你。」大衛理所當然的點點頭。

「很變態！」

「我有告訴過你，我是好人嗎？」大衛戚戚眉。

這次，大衛成功反客為主。

……舊朋友……

大衛絕少上Facebook，一來沒有必要，因為他朋友不多，二來他覺得那是一個八卦的玩意，上面書的人都是想看看其他人的私生活，他沒有興趣。他有這個戶口都是在認識瑪嘉烈之後才開的，面書是想了解另一半的有效途徑，對其他人的私生活沒有興趣，而對女朋友的私生活總是有興趣的。不過，大衛今天認真地上面書，卻與瑪嘉烈無關。

他收到了一個訊息，來者的名字是G Dragon C，G Dragon？那不是韓星麼？應該不是那位G Dragon，因為訊息是用中文的，訊息很曖昧，只得三個字：「你好嗎？」。

大衛不明白，如果想和對方打開話匣子，為何不多講幾句，至少讓人得知他的身份，就這樣三個字「你好嗎？」，似是白撞或是病毒的機會大一點。平時的大衛是會將這些白撞置之不理，但看到G Dragon C這個名字，好像有點似曾相識的感覺，於是他回覆了一個問號「？」。幾十秒之後，對方再回覆「我是趙子龍。」

面書真是神奇，廿年不見的人，竟然會再出現。

中五會考放榜之後，大衛和趙子龍出來見過一次面，他們一起去戲院看早場，那時候很時興的，播的都是已上映的港產舊片，那天A院播的是《秋天的童話》，B院是播《英雄本色》。趙子龍問他想看那一齣，大衛揀了《秋天的童話》，因為他想看鍾楚紅，《英雄本色》只得一幫男人打打殺殺，晨早流流，還是不要那麼血腥比較好。不過，入到戲院之後，大衛便開始後悔，因為來看的都是情侶，不同年齡層的情侶，兩個血氣方剛的男子好像和這種浪漫的氣氛格格不入。

但大衛很快便投入電影中，《秋天的童話》真是如童話般美好，人靚、景靚，劇情簡單，真摯而不老套，真是難得的佳作，除了鍾楚紅，還有陳百強、十三妹和船頭尺各自打開對方送給自己的禮物那一幕，船頭尺送給十三妹那條她不捨得買的錶鍊，但她卻把那錶玉送給了船頭尺，這種巧合，真是令人低迴。這時候，趙子龍將一個四方盒往大衛的手裏塞，然後在他耳際說了一句：「送給你。」說完之後，趙子龍便離座，大衛以為他只是去洗手間，但自此趙子龍便沒有音訊了。

G Dragon C，原來就是子龍趙，大衛覺得很驚喜，他有一段時間很想找回這個朋友，然後問他，那個四方盒裏面是甚麼，大衛一直沒有打開那個盒。

「有興趣見面嗎？」看着這個問號，大衛的感覺有點異樣，他最怕生活中的不速之客。

(一) ‧‧‧菠蘿冰‧‧‧

大衛決定赴約，他根本沒有想過不赴約，廿年沒見的同學，再度出現，是天意，還是人為都好，如果拒絕了，實在糟蹋了上天這場巧妙的安排，不是每一個人，離開了廿年之後，都可以再見的。

趙子龍約了大衛在上海街的一家茶餐廳，香港竟還有舊式的茶餐廳存在，是那種樓過兩層，地下鋪的是舊式階磚，階磚藏滿污漬，侍應都是阿伯，落單是用手寫。大衛早到了十分鐘，他環顧看了看，樓上那層已關，沒有似是趙子龍的人，於是隨便坐低，點了一份菠蘿油和熱檸茶。

究竟他現在變成了甚麼樣子呢？大衛曾經幻想過，趙子龍離開了學校之後，加入了警隊，做了警察，他那麼喜歡抱不平，警察的工作很適合他，他可以名正言順的打壞人，還有糧出添。我們都可能幻想過那些失散了的同學，現況怎麼？有幸福的家庭？做保險？結了婚？仍單身？肥了、醜了、有兒女嗎？離了婚嗎？並不是關心他們，只是好奇，在同一個城市裏有着我們熟悉的陌生人。

趙子龍變成了甚麼樣子呢？

牆上掛着那個圓形、生鏽的大鐘，大衛看着時間一秒一秒的過去，他記得小學時他發現時間的奧妙就是因為看着班房上的大鐘，他想這一秒過去了，便不會再回來，就算秒鐘兜一個圈再出現，1998年4月6日下午4點23分23秒過去了之後，便不會再回來。在那一刻他發現時間是既寶貴也獨一無二，比八十年出現一次的哈雷彗星更寶貴，因為再沒有下一次。

現在是2015年7月31日下午4時15分18秒，他在等趙子龍，這一秒是屬於他的，因為那一刻大衛只專注在等候他的這回事上，那麼19、20、21秒呢？大衛仍然在等，但他的腦海已在想其他事情。

「奶茶、油多。」一個男人坐在大衛的對面。面前這個是傳說中的彪形大漢，兩邊手瓜起腲，只穿一件淺色背心，頭頂沒有一根頭髮，皮膚粗糙，胸口的紋身若隱若現。茶餐廳的電視機正在播收市概況，他看得津津入神，大衛看着他，左看右看，想看出趙子龍的影子。

「檸茶。」侍應把奶茶放低。

「喂。」侍應拍拍大衛的肩膊，大衛抬起頭，很熟悉的臉孔。

原來，趙子龍沒有做警察，他做了茶餐廳。

趙子龍帶大衛上了樓上雅座，為他叫了炸雞髀、沙爹牛肉麵，自己要了一杯紅豆冰。

「你現在覺得紅豆冰好食，還是菠蘿冰好食？」趙子龍問大衛。

一個廿年沒有見的朋友，再見第一句話不是「你好嗎？」、「你還單身嗎？」、「你上車了嗎？」，卻是紅豆冰和菠蘿冰。

「我記得你一直都喜歡吃菠蘿冰，不是嗎？」大衛才留意到這個茶餐廳侍應是穿着便服，白色 Polo shirt、牛仔褲，還留有一點鬚根，身形比以前健碩，樣貌幾乎和以前一樣。

大衛幾乎忘了自己以前真的很喜歡菠蘿冰。

二 ・・・火車頭・・・

在這個城市，要找一碗好食的越南河粉十分困難。香港好好歹歹都和越南有過一點過去，但為何學不到做越南河粉的一招半式？

大衛覺得一碗好食的越南河粉，湯底要有濃濃的牛骨鮮味，要有很多的金不換，牛丸、牛柏葉、牛腩、牛肉，統統不可少；偏偏配料足的，湯底淡如水；湯底有起色的，同時卻有味精。大衛本身對越南河粉不算十分偏愛，但他就是有一種愈難有，便愈想要的挑戰心態，更重要的是，瑪嘉烈喜歡吃越南河粉。

他們有一個拍拖的節目，就是久不久會專攻一項食物，四出去尋找本市的 The Best。有一期，他們尋找最好的 Pho，試過山長水遠去流浮山的小店，也試過去五星級酒店吃一碗二百蚊的牛河，結果都是失望而回。

既然找不到，求人不如求己，這天大衛忽發奇想，他想為瑪嘉烈做一碗火車頭。

他在網上尋找越南河粉的食譜，原來那個湯底除了需要牛骨，還需要很多香料，如草果、八角、桂皮，丁香，而且也十分之花時間，牛骨要汆水、撇油，一邊煮的時候要繼續撇走泡沫；香料又要炒香，還要注意調味。大衛在廚房為了這一鍋湯底忙了半天，大熱天時，大汗疊細汗，很怕熱的他，仍然十分起勁，看顧着那煲湯底，好像人家看着初生嬰兒一樣。大衛不時試試味道如何，他滿意的時候會輕輕地點一下頭，他想着瑪嘉烈應該會很滿意。

「忘了買大豆芽！」大衛記得瑪嘉烈每次都要下很多大豆芽，「還有是拉差！」是拉差辣椒醬也是一定要加的，怎會那麼大意呢？大衛看看鐘，瑪嘉烈也差不多回來，於是便匆匆忙忙出門去補購。大衛去附近的超市買了是拉差，但他卻找不到大豆芽，於是又跑去街市，超市有多先進與舒適都是不能取代街市的。

終於買齊了，他差不多是連滾帶爬的跑回家，在大堂等電梯時，還在喘氣。

「你買甚麼？」大衛聽到這句話，立刻把手上的是拉差和大豆芽收在身後。瑪嘉烈不知在甚麼時候出現了。

「為甚麼你今天那麼早？」大衛選擇不回答她的問題。

「在外面開完會，早散了。」瑪嘉烈看來有點累。

踏出電梯，大衛聞到一陣燒焦了的味道。

「甚麼味？燒焦了甚麼？」瑪嘉烈皺眉。

大衛急得快要哭出來，一打開門便衝入廚房。

那一煲的牛骨湯，黐了底，一個下午的心機泡湯了。

「你在搞甚麼？」瑪嘉烈也踏進了廚房。

「嘩，都焦了，你煲湯？」

大衛十分沮喪，不發一言。

瑪嘉烈看看那煲內的殘餘物，再看看放在附近的配料。

「你想整Pho？」她有點不置信，大衛的廚藝只得兩分，怎會向高難度越級挑戰。

「唉！我想你喜歡食……」大衛打開垃圾桶蓋，把那一煲燒乾了牛骨，毫不猶豫地倒了。瑪嘉烈看到大衛失望的神情。

「算吧，其實我最憎吃Pho的。」她從後抱着大衛，還聞到他身上有牛骨湯味。

「那些牛肉怎麼辦？」

「還問？當然是打邊爐啦！還有大豆芽，正呀！」

瑪嘉烈完全收到大衛的心意，雖然她不明白為何給了大衛一個愛吃Pho的形象。

有人認為你喜歡某一樣東西，縱使他會錯意了，也證明他曾用心地記錯。

〇七人車

那是趙子龍做了廿年的茶餐廳，他中學畢業之後就一直在這裏打工，老闆是他的阿叔，有親戚關照總是好事，大樹好遮蔭，就算不是大樹，有蔭遮總是好的，管他甚麼蔭。

一個青年在一間茶餐廳度過了廿年，那二十個夏天是怎樣過的呢？為甚麼是夏天？青春的汗水在夏天好像燃燒得比較有價值，可以游水、曬太陽、做運動，大衛覺得廿年在茶餐廳是虛耗了青春。

但事實並不如此，趙子龍在茶餐廳工作是為了賺錢，晚上他會在便利店、大排檔兼職，時間都用在工作上，就沒有機會花費，錢可以儲下來。

「一賺夠錢，我就搞生意，工字不出頭呀同學！」趙子龍的語氣十分堅決，有點點佬味。

原來，這廿年來，他的夏天就在做生意、蝕本、打工、再做生意中度過，他做過運輸、珍珠奶茶、迷你倉、果汁店、二手衫、手機套、住家菜、開拳館，很多很多，每一門生意到最後都是結束。

「蝕錢不是問題，你明不明白？錢蝕了可以再賺過，但仍然找不到屬於我的生意，我不甘心。找到一門屬於你的生意，會愈做愈起勁，愈來愈多機會，生意會來找你，應該是這樣的，你明不明白？」

大衛真的想不到，趙子龍會是一個喜歡做生意的人，他明明應該不是做差人便是做賊的材料。

「你呢？你好嗎？」趙子龍問大衛。

「還可以，我駕車，很自由的工作。」

「駕車？真的嗎？駕車的收入好像還不錯，啊，現在流行那些白牌車，聽說司機的收入可以有幾萬蚊。可惜，我沒有車，也沒有錢買車，要不我也去做白牌司機。」

「我駕的是的士。」

「的士?哈哈，你是我第一個認識的的士司機朋友。」

「你怎麼會想到找我?」

「當然是有目的，茶餐廳就要結業，我又要找工作，就是看看一些舊朋友，有沒有興趣一起合資做生意。我找到以前的一些同學，他們不如你那麼好人，有些沒有回應、有些回應了一下就沒有反應，我以前真的那麼可怕嗎?」

原來，大衛不是趙子龍唯一找過的同學。他點了一杯菠蘿冰。

「我和你那麼多年沒見，你不怕嗎?」大衛問。

「怕甚麼?我們有深厚感情才不會叫你一起做生意，就是君子之交才不怕傷感情，和朋友做生意很容易出事的。」

原來是這樣，趙子龍是在找生意合作夥伴。

「我打算做寵物美容，香港最貴的是租金，我這一家寵物美容，初期是沒有舖的，只有一輛車，我可以上門替寵物洗澡剪毛，如果客人不喜歡上門，可以讓寵物上車，是不是好橋呢？不用交租，人都精神點。」

大衛和趙子龍在茶餐廳的上層雅座談了很久，離開的時候，大衛決定和他合作。大衛其實是一個蠻正義感的人，可以幫到人的話，他一定會幫，尤其是朋友。雖然，他和趙子龍失散了多年，但再見面時，一點隔閡也沒有，而且還有一滴親切感。他知道瑪嘉烈不喜歡的士司機，有一些可惡的同行，確實丟架。情人不支持自己的工作，不要緊，但如果去到厭惡的邊緣，便要正視。

大衛決定投資一輛七人車。

鼻鼾聲

初中的時候，大衛曾經和兩個同學去宿營，三個人在東堤小築租了一間二百呎左右的渡假屋，燒嘢食、玩啤牌、飲啤酒、睇鹹帶，十分無聊；更恐怖的是，那兩個同學很喜歡聽李克勤的《紅日》，他們把這首歌播了又播。酒喝得多除了說話會愈來愈大聲之外，睡覺時也會引發如海嘯般的鼻鼾，當李克勤靜下來時，他倆便出場；那兩個同學如死屍般躺在床上，口半張開，輪流奏交響樂。大衛坐在屋內唯一的傢俬，一張安樂椅，搖呀搖，整晚得不到安樂，眼光光，很痛苦。翌日，天未亮他便去了碼頭等第一班船離開，真是一個可怕的經歷。自此之後，他知道不能再接受和有鼻鼾的人相處。

又有一段時期，大衛住的地方，鄰居養了兩頭大狼狗，狼狗大部份時間都很乖，但狗始終會吠。半夜三更主人夜歸，他們便會吠幾聲來迎接，初時大衛每次都會被牠們吵醒，但他漸漸發覺，日子久了，已經聽不到那些狗吠聲，不是有人把牠們劏了，而是他已經習慣了。

最初，他不相信瑪嘉烈有鼻鼾聲，一個身形修長的靚女，鼻鼾聲從何而來呢？人體的構造真的很複雜。大衛以為那天瑪嘉烈特別累，或者鼻塞，但他細心聆聽過幾次，那是存在於呼吸之間的鼻鼾。

大衛試過想逼自己比瑪嘉烈快入睡，但是愈想睡，便愈不能睡；他又試過待瑪嘉烈睡着之後，偷偷戴上耳筒，聽一些輕音樂，但一樣不奏效。他又不想告訴瑪嘉烈，雖然「你有鼻鼾」應該比「你有臭狐」易啟齒，但作為男朋友，連女朋友的鼻鼾聲也不能忍受，還談甚麼天長地久？他只能在瑪嘉烈的鼻鼾靜止與恢復之間，把握那個空隙入睡，他的睡眠質素愈來愈差，也睡得愈來愈晚。

這天是假期，他們一起去茶餐廳吃早餐。

「咖啡。」大衛一坐下，餐牌也不看便先叫咖啡。通常他是會拿着餐牌左思右想，而且他通常都是喝檸檬茶。

「你不舒服嗎？」瑪嘉烈看到大衛一臉倦容。

「睡得不好。」他還打了一個呵欠。

「發惡夢嗎？」

「喔，沒有……可能有，但忘記了。」

「我買了些東西給你。」瑪嘉烈掏出一個紙袋，放在枱面。

大衛打開來一看，是一對耳塞。

「為甚麼買給我？」

「我不只和你一個人睡過。」瑪嘉烈對着大衛笑咪咪。

那對耳塞很管用，戴上了真的聽不到瑪嘉烈的鼻鼾聲，大衛從此可以一睡到天明。

直到有一晚，大衛正進入夢鄉，半夢半醒之際，他的靈魂好像出竅，把耳塞拿走。當耳塞除下之後，他聽到瑪嘉烈微微的鼻鼾聲，他意識自己在瑪嘉烈的鼻鼾聲下，漸漸睡着了。

就是這樣，大衛以後也不再用耳塞，無需要再逃避瑪嘉烈的鼻鼾聲。

這可能是愛情的力量，當找到愛的人，身體會漸漸地作出調節，跟隨着對方的心跳、呼吸，這是一個身體的自然反應，不能迫出來，不能練出來。

‧‧‧請關燈‧‧‧

▲陪我說話。

●你想説甚麼？

▲你甚麼時候會失眠？

●我很少失眠的，沒有睡意便聽聽歌、看電視、玩手機，很快便瞓了。

▲真的嗎？

●我以為我未回家，你會睡不着，這還好，害我有點擔心，不敢去得太夜，現在放心了。

▲但你不覺得有人等你回家是一件好事嗎？

●我覺啊！但被等的，知道有人等自己回家，外出時便不能盡興，經常要看着鐘，灰姑娘一樣。

▲那證明你着緊在等你的人。

●真的嗎？

▲對，有些人明知有人等門，但都一於話之你，心安理得。他能予你壓力，代表在乎那個人的感受

●你喜歡予情人壓力嗎？

▲不會故意這樣做，她着緊我，自己感到壓力，我沒有辦法。

●你沒有故意等我回家嗎？

▲我故意不讓你知道，但你還是知道，就是你着緊我們的關係。

●老實說，我不喜歡你等我回家，不要問我「不覺得幸福嗎？」、「有人緊張你不好嗎？」，我知的，但我就是不想。

▲難得你那麼坦白。

●只要給我留一盞燈便好了。

▲好吧，待你睡着，我才會把燈關掉。

⑩ …限量版…

瑪嘉烈覺得「可口可樂」應改名為「可怕可樂」，不是因為網上那些用可樂洗廁所會腐蝕得如何厲害的短片，是因為他們近年推出很多的限量版。之前的稱呼系列：「爸爸」、「媽媽」、「細佬」、「Honey」、「絲打」、「巴打」等各式的名字，以至近期的歌詞，愈出愈多，最可怕的地方是大衛很喜歡搜集。

家裏已經有三瓶「David」、三瓶「Margaret」，第一次找到「Margaret」時，大衛送給她，那是一個不錯的心思，但當家中積了一堆「男神」、「女皇」、「死黨」，「BB」，心思就變成了礙眼。最近，還要推出歌詞版，大衛又買了「有了你頓覺輕鬆寫意」、「懷着樂觀總有轉機」、「一聲你願意」，家裏好像已變成可樂的櫥窗。

大衛把那一瓶瓶的可樂放在電視櫃上，平排放在電視的兩側，左右護法般伴着電視機，而大衛好像樂此不疲，每隔幾天又會再買。

香港的樓宇有多大？兩個人住在幾百呎的地方，大家對如何處置個人物品這個課題一定要有共識，瑪嘉烈比較喜歡簡潔，尤其是在家居擺設這方面，她只覺得燈是唯一需要放出來的擺設，最不需要的就是時計。

大衛放了一堆可樂在當眼的位置，令她感覺很不自在，她需要提出這個問題。

「我覺得那些歌詞選得不太好，像這一瓶我也不知道是來自哪首歌。」瑪嘉烈拿起一瓶寫着「始終一天 我會更有自信」的歌詞。

「為甚麼你會買？」大衛沒甚麼反應，她繼續問。

「哪瓶？」正在吃出前一丁的大衛抬起頭。

瑪嘉烈把那瓶可樂放在他面前。

「嗯……就是一瓶可樂吧，沒有甚麼原因。」大衛認真地端視着。

「你不是因為歌詞才買嗎？」

「這是歌詞嗎？哪一首歌？」大衛反問。

「你問我？你不是正在搜集嗎？」

「那兩瓶就是。」大衛指指「Margaret」和「David」。

「那你為甚麼買那麼多？」

「你問超級市場為甚麼買兩瓶比買一瓶便宜，買六瓶又比買四瓶便宜吧。」大衛繼續吃他的即食麵。

「汽水為甚麼不放雪櫃。」男人的習慣有時真的莫名其妙。

「有呀，喝完兩瓶再放兩瓶囉。」大衛走去打開雪櫃，拿了一瓶「真的愛你」出來，擰開就喝，果然不是收藏品。

瑪嘉烈沒好氣，她拿起幾瓶可樂，準備放進雪櫃。

雪櫃一打開，哪裏有位置？雪櫃門的儲物格放滿了調品味，她煮飯時要買很多不同的調味料，大部份只用了一次或兩次；買了重複的喼汁和茄汁；吃紅蟹時買的紅醋，吃大閘蟹的黑醋，不知用來做甚麼的白醋，三支由泰國買回來的魚露，不同類型的辣椒醬、辣椒油。層架則放了凍肉、蔬菜，還有白酒、清酒。瑪嘉烈只得把一瓶可樂攝進辣椒油之間。

她現在明白，大衛的可樂為甚麼不放在雪櫃。

心裏的空間寬廣，就能戰勝不夠實用的實用面積，瑪嘉烈覺得她要學習一下，她打算先由清理雪櫃開始。

我和你

瑪嘉烈第一次見趙子龍，便覺得他身上有一種似曾相識的男子氣概，他說話時的聲量很大，可能因為聲底很厚，彷彿可以看到他的聲帶在震動，或者是他談起他的寵物美容大計時，談得眉飛色舞，這種氣概，瑪嘉烈曾經在一個他很喜歡的男人身上看過。

瑪嘉烈剛出來社會工作時，曾經暗戀過她的上司，就是因為他談起生意計劃時，散發出來的魅力。瑪嘉烈喜歡的男人都各有所長，如果可以將他們組合起來便好了，但世事不會那麼完美。女人起初都只需要愛，然後渴望對方最好帶一點才華，有了才華之後又想他有點錢；但真相是有才華未必有錢，有錢又愛你的卻未必有才華。

瑪嘉烈這些年來在擇偶方面已作過不少微調，現在和大衛一起，因為她仍然將愛放在第一位，找個愛自己的人，不是最重要嗎？大衛很愛瑪嘉烈，這是一定的，可是瑪嘉烈覺得希望大衛可以有多點點的作為。

她聽到大衛要和這位朋友合作做生意，覺得很出奇，從來沒有聽過他喜歡做生意，不過這是好事，至少比只做的士司機，有個比較像樣的將來。

「我想得很清楚，甚麼生意最賺錢，就是做家長的生意。家長有兩種，一種養仔女，另一種養貓貓狗狗，當牠們親生仔女一樣，供書教學，很捨得花錢。我們現在先做美容，然後兼賣寵物玩具，那些狗，一個星期咬爛一隻玩具，主人又要繼續買，長做長有！」趙子龍真的愈說愈興奮。

「大衛，多謝你肯投資架七人車，萬事俱備，我們可以隨時開業。」

「你打算在哪裏宣傳你的服務？」瑪嘉烈問他。

「當然是 Facebook 啦，開個 Page，你們幫我一傳十、十傳百，有了第一個客就有第二個、第三個，有麝自然香嘛。」

「我 Facebook 很少朋友的。」大衛似乎仍然未能以一個合夥人身份，想想如何推廣這門生意。

「我都有些朋友家裏養寵物的，可以幫你介紹一下。」瑪嘉烈自動請纓。

「但你真的懂得幫貓狗剪毛？」

「當然啦，我以前家裏有三隻狗，我想我身上的狗味已經入了骨。」

「真的？現在呢？有沒有養？」瑪嘉烈問。

「沒有了，死三次，夠了。」趙子龍忽然一臉正經。

「我們的店叫甚麼名？」他們好像沒有討論過這個問題。

「對，差點忘了，改名這事你負責吧，你問我，最好叫貓記、狗記。你改啦，你和瑪嘉烈一起改，當做你們的 Baby。」趙子龍真大方，這個 Baby 其實是他的。

有幾個遊戲，深受情侶歡迎，其中一個就是改名，替未出生的孩子改名，瑪嘉烈想起，她和大衛還沒有玩過這種遊戲。

在回家的途上。

車內正播放着電台節目，每個星期天晚上，大衛都喜歡聽這個節目，因為節目主持人好像大衛的老朋友，他播的歌都是大衛喜歡聽的。

飄過西 飄過東 像雲在飛 所經處多至記不起
但是每次在回憶中 都覺遠處甚美
那裏有我和你
秋變冬 冬變春 夏蟲又飛
幾多季飄過 記不起
但是永記路途之中
當天四季甚美有一個我和你

瑪嘉烈心想，不如就叫做「我和你」，但「我和你」是哪個我和哪個你呢？

⑪ …睡一覺…

「你喜歡貓還是狗？」

「貓。」

「為甚麼呢？」

「貓獨立、高傲，表面上懶洋洋，實在時刻在冷眼旁觀，不滿愚蠢又麻煩又黐身的人類。」

「你喜歡別人不理你？」

「我喜歡別人有性格，不需要服從我。感情基礎不應該建基於服從。」

「感情的基礎當然不應該建基於服從，但譬如狗，你訓練牠們，令牠們忠心，服從只是牠們的一部份天性，那個過程會建立牠們對你的感情牽繫，喜歡狗，是因為牠們無異心地喜歡你，不是因為牠們服從。」

「你不覺得牠們太蠢嗎？對牠們好一點便義無反顧。」

「你不覺得這叫有情有義？」

「可惜最終都給人類出賣了，你看有多少流浪狗。」

「付出之前，不知道會不會被出賣，況且狗真的沒有防人之心，就算主人遺棄牠們，還是痴痴地等，這叫真性情。」

「這叫人真心煩，我喜歡貓可能因為不怕貓會傷心，最怕人家等我門，見到又撲上來；入門口，交換一個眼神就夠了。」

「我相信貓也曉得傷心的。牠們不形於色而已，睡一覺便沒事。」

「那就是有智慧。睡一覺便沒事，你以為容易？睡一覺已經不容易，還要睡醒之後能重新做人。」

「我們養一隻貓好嗎？」

「不好。」

「你又說喜歡？我記得你以前養過一隻狗，但很快死了。」

「對。可能在街上嗅了毒氣。其實，還有另一隻的。某年，某個男朋友在我生日的時候送上一隻金毛尋回犬BB，當時很開心，細細隻，玩具一樣，我們一起放狗、一起照顧，當正自己是父母，直至有一天他提出分手，我甚麼也沒有問，只叫他帶走牠，怎知他拒絕，理由是他家沒有地方。我每天對着狗，便想起他，愈想起他，愈不想見到牠。最後，找到朋友肯收留牠，我叫朋友自己到我家帶走牠。那晚回家，牠就消失了，之前也沒有見過牠，朋友就給我寄近照，我也拒絕。」

「自此你便喜歡貓？」

「我一直都喜歡貓，只是那時候都跟喜歡狗的人在一起。」

「沒有人問過你喜不喜歡嗎？」

「忘記了，有沒有問都沒所謂吧。」

「你覺不覺得這個女主角很似你？」大衛和瑪嘉烈正在看電視，劇中的情侶正在對話。

「似我，不是嘛，我喜歡狗的，我才不像她在裝性格，反而你似那個男的，專問無聊問題。」

「你覺得我很無聊嗎？」

「看！又問了。」

「你變了，以前你睡不着的時候都喜歡和我說話。」

「老細，現在看電視，還未睡呢。」

「我先洗澡，你慢慢看吧。」

大衛走進了浴室，扭開蓮蓬浴，聽着花灑的聲音，當那是梵音。最近，他經常會因為瑪嘉烈一句說話而不高興，也許瑪嘉烈只是清心直說，但明明她以前覺得浪漫的事情，怎麼現在會變得無聊呢？還是自己過度地敏感？

他把花灑的力度再調大一點。

洗完澡，睡一覺，希望沒事。

⋯換廁紙⋯

影響究竟有多大？會做成多少衝擊？對人生有影響嗎？身心會受創嗎？

忘記換廁紙，這件事情究竟有幾大？大衛不明白，為甚麼瑪嘉烈會那麼大反應？

一個人如廁之後，發現沒有廁紙，可以是一件災難性的事情，那種無助感，令人氣餒又憤怒，廁所的廁紙對一個女性來說，其重要性不下於護膚品，大衛是明白的。但是，在家裏的廁所和在公廁如廁後沒有廁紙是兩回事，最大的分別是，公廁沒有廁紙，只會怪自己；在家中則會怪和你同住的人。在家裏新簇簇的廁紙就放在眼前，未必伸手可及，但只需稍為從坐廁中起來，行兩步就可以拿到，雖然是有點難為情，但只有自己知，為甚麼都不能接受？

「你可不可以用完廁紙，記得換上新的？」瑪嘉烈目無表情的對大衛說，語氣帶有火藥味。

「櫃裏有新的。」

「我的手沒那麼長。」

經她這麼一講，大衛其實已經很小心，他不斷提醒自己，去完廁所一定要看看有沒有廁紙。但有些事情，愈想記得，反而愈容易忘記，不斷提醒自己要買洗頭水，然後去揼錢，到最後都是兩手空空的回家。所以，他想到一個方法，就是放一卷新的廁紙在廁所水箱上面，一個十分當眼的位置，無論甚麼時候都有一卷，那便應該萬無一失。

「為甚麼不把廁紙放入櫃？」瑪嘉烈這樣問。

「方便更換咯。」

「但放出來不好看。」

「嗯……那你想方便，還是想好看？」

「不可以用完一卷再換嗎？」

「我怕會忘記。」

「嗯……那我試試去廁所前肯定有廁紙才解決。廁紙還是放在櫃裏好。」

就是這樣，瑪嘉烈知道世事沒有兩全其美，細心的不會專一、身形好的多數無腦、識飲識食的都不擅理財、緊張你的通常都比較長氣，所有人都是一個套餐，喜歡他的優點，就要接受他的缺點。

大衛只是偶然忘了換廁紙，其實沒有甚麼大不了。兩個人一起生活，就是要在無數的細節上互相遷就，而她明白，自己的確有不少缺點，她不會天真地以為，大衛看不到，只不過他一直都在接受她的全部。這些，瑪嘉烈都知道，所以大衛不會換廁紙、毛巾要捲着放，但至少他吃完飯會主動把碗碟洗淨，就算鐘點女傭明天就來，他也堅持要洗碗。

吃完一餐女朋友煮的飯，然後會主動洗碗的男人實在很少，大衛的優點，愈想愈多。

◯ …劉嘉玲…

趙子龍負責七人車的日間，進行他的寵物美容服務，夜間則是大衛使用。他加入現在十分流行的 Uber，用手機程式接客，收入和 Uber 瓜分，他們也有不同類型的獎金賞予司機，例如短途又多幾十、每天接客量達某一個數字又加幾十。大衛覺得這種做法十分不錯，只要自己有一架車便可以加入，而且接的客都比較斯文，他駕車都是玩票性質，的士駕得悶了，想不到也可以轉換環境。

大衛接客通常會看客人身在的地點。深夜，他比較喜歡接在山上的柯打，所以手機程式一出現訊號，看到是在山上的，他都會第一時間搶單。

深宵叫車的人主要有幾類，打完麻雀的闊太、在朋友家狂歡完的醉娃，纏綿完的情人。

今個星期已經是第三次來到這幢大廈，那是一幢樓齡超過四十年的超級豪宅，大衛記得他和瑪嘉烈遊車河時曾經過這裏，瑪嘉烈還取笑它的名字「紀園」，把音讀歪一點就是「妓院」，瑪嘉烈講笑話的細胞真的很差。

第一天來到「妓院」，不消一分鐘，乘客便出現，那是凌晨兩點。凌晨兩點還駕着太陽眼鏡的可能性只得兩個，一，眼有事；二，是明星。平常大衛只會在乘客上車後，從倒後鏡看他們一眼，但因為那副太陽眼鏡太顯眼，禁不住多看兩眼。雖然，有大部份的面臉孔被遮掩，但大衛還是覺得這位女士有點眼熟，有點像劉嘉玲，又有點像那英，更有點像王菲。她除了半夜三更戴太陽眼鏡，還掛了一身的香水，那香水不是殘餘，混雜了煙味、酒味的香水味，那是剛噴上身的。

對香味，大衛特別敏感，這位女士的香水令到大衛醒過來，因為竟然有點牛肉的焦香味，他感到肚餓。

有些乘客叫車時會先在手機程式設定目的地，她沒有，只顯示了她的名字是 Diamond，Diamond 這準是假名吧。

「小姐，請問你往哪兒？」車門徐徐自動關上。

大衛只聽到一聲太息。

「回家吧。」Diamond 說的這三個字充滿無比的倦意。

她迅即知道自己失言，很快便更正，說出一個在南區的地段。

車開行不久，她的電話便響起來。

「你可不可以開點音樂？」

明星行事真的很小心，她準怕司機聽到她的談話內容，至此大衛認定了她是明星，就算不是明星，也一定是個甚麼名人、名媛。

大衛也樂得可以聽一下音樂。

未喝酒便已醉倒　暗暗夜色還早
彷彿偷偷說預告　今晚下去　很好
話裏把自我流露　各自說懷抱
原來同在天涯　沒有誰傾訴
說到最興起牽手共舞　相依共舞　同擁抱
今天方初次遇上　怎會料到　真好

「可以再大聲一點嗎？」
原來 Diamond 已經講完電話。

這世界不必天荒地老　情總有還無
惟知道我與你未老

「這首歌叫甚麼名？」Diamond的聲線真像劉嘉玲。

「《如泣如訴》」

「《如泣如訴》誰唱的？」

「杜德偉。」

然後，又是一陣沉默，直到車到了目的地。

車門自動打開。

「給你的。」Diamond遞給大衛一張鈔票。

「車費會在信用卡收取的。」

「這是小費。」Diamond沒有等大衛接過，便放手由那張紙幣徐徐降落前座，然後自己便下了車。

究竟她是不是劉嘉玲？

第二晚，差不多凌晨兩點，手機程式又傳來從「妓院」發出的叫車要求，大衛沒有一刻的猶豫，他又接單了。

……三星期……

第二晚，差不多同樣時間，大衛又接到從「妓院」發出的柯打，這樣深的夜，沒有人會來爭生意，大衛很想知道 Diamond 今晚有沒有戴太陽眼鏡，以及她究竟是不是劉嘉玲。

如果昨晚是晚裝，今天晚上就是便裝，Diamond 的上身是一件有卡通圖案的運動外裝，下身是一條綠色的牛仔褲，沒有香水味，卻換來肥皂味。在甚麼情況之下，回家之前要洗澡？也有很多的，可能吃麻辣火鍋時把湯打翻了，且倒在身上，又或者玩完冰桶挑戰。

她上車之後，又說了一個南區的地址。雖然，沒有太陽鏡，但大衛仍然看不清她是不是劉嘉玲，他認人的能力實在太差。算了吧，是又怎樣？難道會要求合照，然後放在車廂做生招牌嗎？又不是甜品店。

「你的車可以抽煙嗎？」

「你介意我開窗嗎？」大衛不介意人在他的車內抽煙，但開着冷氣抽煙便不行了。

「你隨便。」Diamond 隨即點着一支煙，然後吹出一口。

剛沖完涼又抽煙，那麼肥皂味便會消失，她是不是這個意圖呢？

「你叫甚麼名字？」

「我叫大衛。」

「大衛。大衛，你結了婚沒有？」

大衛從倒後鏡看 Diamond，她看着窗外，一臉悠然，她問這個問題，如像去旅行時，看着窗外的良辰美景，然後不經意地對身邊的伴侶說：「我們今晚早點睡覺。」那樣隨便。

「沒有。」大衛禮貌地回答。

「女朋友呢？」

這次她看到大衛在倒後鏡看她，她再用眼神問一次剛才的問題。

大衛避開她的眼神。「沒有，我沒有女朋友。」他只是覺得私事不需要向別人說，那為甚麼索性不回答，而選擇撒一個謊呢？

大衛感到 Diamond 仍然從倒後鏡看着他，他希望這程車快點完。

「播點音樂。」這是一道命令。

「我的司機前兩天連人帶車撞傷了，你有興趣做替工嗎？我要你和你的車，三個星期。」

大衛沒有想過做別人的私人司機，他只喜歡以自己的工作模式工作。

「多謝你邀請，不過……」

「不要不過，我的要求很簡單，就是晚上車我就可以。人工是……」

Diamond 說了一個價錢。

不能抗拒不是因為那三個星期的人工是大衛兩個月的收入，而是大衛對這顆 Diamond 有好奇心，想知道她為甚麼每晚都去「妓院」，只三個星期，當做獵奇吧。

回到家裏已經是清晨，瑪嘉烈正熟睡着，大衛躡手躡腳地走上床，避免吵醒瑪嘉烈，她的睡姿永遠都很平靜，幾乎一個睡姿可以保持一晚，這是大衛其中一個最喜歡的時刻，就是看着熟睡的瑪嘉烈，輕輕觸摸她的臉頰，然後說聲晚安。

○・・・殺牠死・・・

瑪嘉烈很喜歡動物，她覺得所有動物都是善良的，只不過是因為人類的侵害，才會變得兇殘。她很久以前已經不吃一些鵝肝、魚翅、藍鰭吞拿等等的食物，世上的美食還有很多，但何必要選擇一些以殘忍手法得來的食物呢，況且她也不覺得魚翅和鵝肝有甚麼好吃。

她身邊很多人都有這個意識，尤其是工作上接觸的人。瑪嘉烈是在國際保護動物機構任職，推廣環保、保護動物。雖然，她的工作涉及環保，但她並不是一個環保狂熱份子，至少她絕對不會在炎夏，把空調調至二十五度。

有些女人對空調十分恐懼，在冷氣場所一定要有披肩，一上小巴、巴士就會把冷氣風口關掉，好像吹幾分鐘會吹掉她們的幸福一樣。

大熱天時，放工回家，瑪嘉烈第一件事就是開冷氣，然後沖一個熱水涼，她特別喜歡高溫的熱水，沖完涼後好像焗過桑拿，緊接強勁的冷氣，一邊流汗，一邊心曠神怡。

她會把洗手間的門留一條罅隙，讓空氣流通，同時也聽到客廳的狀況。關掉蓮蓬浴，她聽到電視機的聲音，大衛一回家就是開電視。

只用毛巾裹着身體的瑪嘉烈走出客廳，怎麼冷氣那麼微弱的，她拿起冷氣的遙控，顯示溫度是二十五度。

「嘩。」嘟嘟嘟嘟，她把溫度調到了二十一。

「你很凍嗎？」瑪嘉烈問正在沙發上看電視的大衛。

「對，很凍，殮房一樣，快點穿回衣服。」大衛瞄了瑪嘉烈一眼。

「你甚麼時候去過殮房？」瑪嘉烈不理她，逕自走入睡房，把門關了。

她仍然是用毛巾裹着身體，躺在床上。

她回想剛才和大衛的對話，令她很不高興，不高興是因為禁不住自己的脾氣，為甚麼冷氣溫度那麼小事，她都不能忍讓？也未必需要忍讓，只要和大衛說，大衛一定會遷就她的，她知道大衛是對她很好的。但是，兩個人相處得久，就會看到更多對方的缺點，為甚麼一定要另一方遷就，不可以渾然天成便合拍嗎？

瑪嘉烈正在糾結之際，眼尾瞥見黑影在晃動，當堂毛管直豎，心想不要真的發生，她大膽地坐起身，俯前一點，看真一眼，他媽的，那是世界上她最不想看到的生物——甲由！一隻深啡色的甲由正伏在窗簾上！這一驚真的非同小可，瑪嘉烈以百份一秒的速度，逃難似的，衝出客廳。

大衛看到裹着毛巾的瑪嘉烈，連滾帶爬，夾雜「甲由呀！」的呼喊，知道事有不妙。

甲由何嘗不是自己的大敵？這次是和瑪嘉烈一起遇上甲由，大衛覺得不能退縮。

他立刻走進廚房，找殺蟲水，殺蟲水這種武器實在應該放在當眼地方，因為要用它的時候，是生關死劫的黃金一刻，一秒也不能拖延。他們的「殺牠死」就放在廚房門後，瑪嘉烈問過很多次，為甚麼不把殺蟲水放在櫃裏面，她現在應該明白。

大衛拿着殺蟲水走入睡房，一打開門，那可惡的怪獸伏在地面，一動也不動，這種害蟲，十分狡猾，牠們是懂得詐死的。大衛不理三七廿一，拿着殺蟲水，對準牠，然後狂噴。一片平靜，沒有預期的反應，如掙扎、速逃等等。大衛再靠近一點看，那甲由似乎早已死了。大衛抽了整盒Tempo，覆蓋着那屍首，再鼓起勇氣，包着牠，然後拿着那一團紙巾，直衝洗手間，掉進廁所，蓋上廁板，然後沖廁。

「怎麼？殺了嗎？」驚魂未定的瑪嘉烈在門外探問。

「死了。」大衛裝作鎮定。

瑪嘉烈鬆一口氣，她第一次覺得，兩個人一起住，原來真的有好處。

「你下次可不可以不用殺蟲水，有味的。」

「吓？下次？」大衛還在滴汗。

⊙…頭肩頸…

趙子龍的寵物美容大受歡迎，至少在瑪嘉烈的朋友同事間，讚賞之聲不絕。

「幾舊水，搞到我隻寶寶幾冧呀，抵俾啦！」

「佢仲會幫佢哋按摩，按完太陽穴按手，再按腳，好似人咁歎呀！」

「上埋門幾好呀，淨係帶BB落樓下，唔駛去咁遠，放心好多！」

「個老闆又鍾意動物，估唔到佢咁大隻，又會咁細心。」

瑪嘉烈介紹了不少生意給「我和你」，她身邊實在有太多寧願養寵物也不願談戀愛，或者待寵物如情人的朋友，肥水不流別人田，她也想趙子龍今次創業成功。

趙子龍除了得到生意，也得到不少粉絲，瑪嘉烈公司的同事多次向她打聽趙子龍的感情狀況，瑪嘉烈又怎會知道？據大衛講，他好像很多年都沒有拍拖，拍拖的定義人人不同，她就不相信一個人可以一直沒有感情生活。

瑪嘉烈偶然也會參與大衛和他的約會，一起去酒吧喝杯啤酒，聽趙子龍向大衛分享他的業務狀況，大衛通常也沒有心機聽生意經，反而瑪嘉烈喜歡聽。

「生意真的不錯，以這個進度，半年便可以擴充，入舖做。」趙子龍滿有信心。

「你打算在哪一區開舖？」有反應的是瑪嘉烈。

「嗯……香港區的人比較捨得花錢在寵物身上。」

「香港區的租金太貴，一個百呎小舖都要數萬元。做寵物生意，不能面積太小，要有地方讓牠們走動，否則是虐畜。未必一定要港島區，可以考慮一下愉景灣、南區，甚至離島，在香港區開舖，不知要幫多少隻寵物按摩才賺回租金。」

「愉景灣……也是一個好提議，那裏幾乎狗多過人。」

「又沒有那麼誇張，不過若果租金太貴，繼續流動服務也可以，現在也十分搶手，很多同事還說約不到時間。」

「沒辦法啦，朝九晚七，已經盡做。對，還未多謝你介紹那麼多客戶給我。」

「初初要朋友介紹，之後就是靠口碑，你按摩的手勢，迷倒不少客戶。」瑪嘉烈口中的客戶，指寵物，也指寵物的主人。

「哈哈，真的？我幫人按摩還要更好手勢。」趙子龍動手，按着大衛的肩膀。

正在專心看電視直播網球賽的大衛嘩嘩呼痛，大衛完全不喜歡按摩，試過幾次也是全程呼痛，簡直是貼錢買難受。

「『腥生』，你的肩膊很疲累嚕，鋼板一樣，很久沒有按摩，要不要『渣鐘』呀？按多一Part身啦。」趙子龍模仿按摩大嬸説話，十分搞笑。

「不要呀，彈鐘啦。」大衛繼續慘叫。

瑪嘉烈看着他的一雙大手，毫不留力的收放，有一刻她想自動請纓，Order一Part頭肩頸。

(二)

...杜德偉...

今晚離開「妓院」的時候，Diamond 左搖右擺，上車時沒有了平日的肥皂味，換來煙酒味。大衛其實不喜歡飲醉酒的女人，尤其是那種醉了會發癲、哭鬧、咬人的瘋婦，他希望 Diamond 不是這類。

喝醉了的人，除了亂性之外，他們的體重還會比平時重了一倍，可能靈魂的重量也出來了。他試過摻扶一些醉酒的朋友，他們如石躉一樣，要幾個人才可以移動他們，真難為一些把人殺了，還要搬屍體去埋葬的人。

Diamond 坐上車時，大衛深深感受到她的重量，她明明是身形纖瘦的劉嘉玲，怎麼一下子變了兩個劉嘉玲。

「要不要喝水？」半瞌上眼的她，還聽到有人問她問題，意識回復過來。

「要。」慘了，她說話含糊不清，想必很醉。

她接過了那支水，把蓋擰開時，一下無情力，瓶蓋開了，水也濺出了，還濺向大衛。

大衛無可奈何，唯有下車去看看後座的情況。

Diamond一下子進入了昏迷的狀態，軟攤在座椅上，稱得上毫無儀態，所以女人千萬不要爛醉，失儀小事，命水差、運滯的還會遇上只顧拿出手機拍照的敗類。幸好，大衛不是那種人，他對處理醉娃沒有太多的經驗，只知道喝醉了的人很喜歡在車內嘔吐，大衛最怕人弄污他的車，當然不敢輕舉妄動。他小心翼翼把Diamond扶好，調校座椅的斜度，讓她半躺着，然後把車門關上，打開車窗讓空氣流通，自己再返回司機座，他打算等她回復一點意識時才開車。

這個時候，Diamond的電話響起來，停頓，然後再響、停頓，再響，如是者，幾次循環之後便靜止了，想必有人催促她回家，或者詢問她的行蹤。假如是這個情況，到底讓對方找不到人差一點，還是有陌生男子代接電話差一點？

電話又再響起，大衛決定下車，他在 Diamond 的手袋找到那部很大的電話，來電顯示是：Home。

如果再不接，又會收線了，接？還是不接？在猶豫之際，有人把電話搶去了，Diamond 總算還有一點危機意識，知道接電話的重要性。

大衛以為她會接聽電話，怎知她卻把電話按熄了。

「午夜兇鈴，不要聽！」「催催催催催，命都給你催了！」「這裏沒有人！」

一連串的語無倫次之後，Diamond 又再進入昏迷狀態，大衛無可奈何。一件污兩件穢，他決定開車，至少把她送回接近家裏的地區。大衛以龜速行駛，因為山路多不免崎嶇，他想盡量減低有人會在車廂內嘔吐的可能性。

路上沒有街燈 寒流撩動髮鬢

這晚我去跟漆黑結伴行

路上沒有光線 找不到心愛戀
如同迷路看不見明天 讓我瑟縮街裏面
獨自在這空屋 呆呆回望鏡裏 鏡裏那影子偷偷暗淚垂

杜德偉人又靚仔，歌又好聽，為甚麼不能大紅呢？ 際遇這些事情真的說不準，大衛尤其喜歡這首《等待黎明》；現在的年青人勉強知道誰是黎明，又怎會認識這些好歌？

「等！只想等到黎明！等！只恐等不到 便隨着午夜消失漆黑裏面……」

大衛有時喜歡獨自駕車時引吭高歌，尤其在夜晚，否則很容易打瞌睡。

「hmm…hmmm…hmm」後座傳來呢喃的聲音，她好像在哼出一個旋律。

「lalalalala……」

那好像是《如泣如訴》。

⋯有幻覺⋯

每次 Diamond 下車的地方，是一幢幾層高的樓房，坐向來說，應該可以望到海。這種樓房在這個城市，並非一般人負擔得起，它的價值大概等如七十萬個電飯煲、六百萬串燒賣，二十間蚊型豪宅，究竟住在這些屋的人，過的是怎麼樣的生活？大衛眼前就有一個。

車已到了屋的前門，大衛看看後座，仍然沒有甦醒的跡象。凌晨三點三十八分，也不太好意思吵醒傭人，怎麼辦呢？

「小姐，到了。」大衛試探式的看看她有沒有反應，然後他才發覺，他連她姓甚麼也不知道，一直都只知她的用戶名稱是「Diamond」。

也許是車頭燈或引擎聲的關係，門口的燈亮起來，大閘打開，一名外傭走了出來，大衛向她示意，看看後座，那外傭也不理三七廿一，揚手叫大衛把車駛進去。大衛打開了車門，和外傭夾手夾腳，一人一邊，將Diamond扶了入屋。

由外傭引路，穿過走廊，把Diamond送到睡房，把她推上那張King size大床，大衛環顧一下，環境很好，窗外就是黑漆漆的海。三點幾，如果有人跟她一起住，都應該在家吧，她似乎是獨居，而以傭人的反應，看來她都習慣了經常有人會送喝醉了的老闆回家。大衛對於她是一個人住感到奇怪，明明致電她的是「Home」，難道這不是「Home」？

不要多管閒事，快收工吧，見任務完成，大衛也急急離開。

每晚這個時候，大衛也會肚餓，很久也沒有和瑪嘉烈吃宵夜了，女人一聽宵夜就說怕肥，瑪嘉烈倒沒有這種病態節食的壞習慣，但最近她都好像比較累，而且愈來愈早休息。戀愛就是這樣，熱戀的時候總是不怕夜、不怕累、不怕冷、不怕熱，明天九點要上班，仍然可以講電話講到三點；熱戀期完了，生活作息跟心跳速度，都會回復正常。瑪嘉烈想必是好夢正酣，大衛想知道她在夢中有沒有見到他呢？

一個人吃宵夜，大衛都會去一蘭，半夜三更食一個拉麵，肚飽飽的上床睡覺是一件快樂事，肥？真的管不得那麼多。

當他正在埋頭吃麵時，電話收到一則訊息：

“Where？”

竟然是瑪嘉烈，竟然還未瞓？

大衛給她傳了一張拉麵的相。

“Want, I come now, wait for me.”

凌晨即將四點了，瑪嘉烈竟然要來和他一起吃拉麵？今天一定是好日。

剛才，電話收到訊息時，不知道甚麼原因，大衛覺得那是Diamond。他很想洗去這個一剎那的念頭，簡直毫無道理，應該是因為太肚餓，才會有幻覺。

（二）

・・・咖喱羊・・・

今天 Diamond 聯絡大衛的時間比平時早，而且她一直都是致電給他的，今次改為 Whatsapp，她叫大衛六點鐘來到她的家。

瑪嘉烈說今晚趙子龍請食飯，因為要多謝瑪嘉烈把客人介紹給他。

大衛回覆 Diamond：「今晚有事，不能提早開工，抱歉。」

Diamond：「有要事，請幫忙！計 OT 給你。」

很多人都覺得錢是解決問題的良方，把錢推出來，甚麼問題都可以變成沒有問題，大衛不貪圖有 OT，但倒也想知道 Diamond 有甚麼要事，不知道是假關懷、真好奇，還是真關懷、假好奇。趙子龍那頓飯，吃不吃也沒有甚麼所謂吧，現在還可有藉口推搪了，瑪嘉烈和他也好投緣，上次見面他倆在雞啄唔斷的畫面，他看到的，看到情人和自己的朋友談得來是一件好事。

大衛告訴瑪嘉烈他不能晚飯，如所料，她沒有特別的反對，瑪嘉烈就是有這種個性，她不會要求孖公仔式的生活；有些人不是這樣的，出席甚麼活動都要有影皆雙，冇影也皆雙，每出現都是伉儷一雙，很嘔心。

晚上六點，車準時來到Diamond的家，他以為Diamond要去甚麼地方，但來應門的是她本人，而且只穿一件鬆身裙，妝倒是有化的，但只施一點薄粉，這裝扮不似有外出的打算。

「進來吧。」她臉上掛着的微笑，不似有甚麼要事。

「不是有要事嗎？」大衛已經覺得被騙。

「要事，當然是要事啦。隨便坐。」

上次來漆黑一片，現在才看清這房子。那一列窗，晚上看不到，因為那是黑夜的海，日間則截然不同，望出去就是一片金黃色。大衛並不特別喜歡看海，但任誰看到這個海景，也會逗留。

「要不要參觀？隨便。」Diamond 知道客人被吸引了。

大衛環顧四周，住在這種地方，應該不會想往街上走，但擁有的不會稀罕，寧願夜夜笙歌也不願回家，世事就是如此，住大屋，不一定快樂。他立時想起他和瑪嘉烈的家，屋細，但總算還快樂，至少暫時大家都願意回家。

「你究竟有甚麼要事？」大衛明知沒有甚麼要事，但不能就此讓Diamond得逞，一回頭，沒有人回應，Diamond也不知走到哪裏。

大衛嘆一口氣，女人真是麻煩，早知就跟瑪嘉烈和趙子龍吃飯。

「喂喂喂，怎麼沒有人？沒有人，我走了！」大衛大聲喊，他真的打算離開。

「呯」，那是玻璃碎裂的聲音。

沒有選擇的餘地，大衛唯有搜索打爛了甚麼。

來到廚房，傳來一陣咖喱的味道。

Diamond 正在執起地上的玻璃碎片，她知道在廚房門外的是大衛。

「最衰係你，一說走就累我打爛碗，這套碗的花紋每一隻也不同，沒有了就是沒有了。」她向大衛報以一個責備的眼神。

「不爛都爛了，想賠也賠不了，沒有辦法。」

「你吃羊嗎？」

「吃，甚麼肉都吃，一般的肉，不是馬肉、鯨魚肉。」

「我能夠煮的當然是一般的肉，去哪裏找馬肉給你吃，神經病。」

「咖喱羊？」

「對，第一次煮，請你食，咖喱羊。」Diamond 從煲裏夾起一件熱騰騰的，要把那口羊肉送進大衛口中。

大衛看着迎面而來的咖喱羊，他只想到「送羊入虎口」，但他並不是虎。

Diamond 的確叫 Diamond，英文名這回事真的十分難以理解，大衛見過有餐廳侍應的名字叫 Juicy，售貨員叫 Super，沒甚麼所謂的，Laughing 也可以是一個名，Diamond 顯得太正常。

取這個名字背後還有意義，不是 Diamond 特別愛鑽石，但這又是她身份的象徵。她是某航空公司飛行哩數計劃的鑽石級會員，代表每年坐了很多次長途機，坐的當然不會是經濟客位，她告訴大衛這個鑽石級會籍每年都要更新，飛少一點也不可以，十分嚴謹。鑽石級會員又有很多的優先權，她十分自豪自己有這個身份，於是用來做英文名。一樣米養百樣人是真的。

「那麼你成為鑽石級會員前，沒有英文名的嗎？」大衛看出了破綻。

「有，我本來叫 Jean，太單調，怎麼讀也讀得不好聽。」

她中文名叫珍，說是李麗珍的珍，從小她便覺得這個名字很老套，還要中英對照，直至出現李麗珍，她才慢慢接受自己的名字，但如無必要她都只介紹自己叫 Diamond。

大衛吃過了 Diamond 的咖喱羊，他們便坐在梳化聊天，Diamond 為他倒了杯白酒，自己則在喝紅酒。

Diamond 告訴大衛她已結了婚，不過又離了婚，前夫給她一筆可觀的贍養費，可以過着富裕的生活，她嫁這個老公，是因為他有錢，但不代表她貪錢。

「有些人會被窮書生吸引，我被有錢人吸引有甚麼問題？不能因為怕被人説貪慕虛榮便抹煞喜歡那個人的可能性，有錢只是他這個人的其中一部份。」Diamond 理直氣壯，大衛覺得邏輯上沒有問題，道德上好像有問題，但誰人有權批判別人的選擇？

「你呢？你為甚麼做司機？」

做一份工只有兩個原因，一是為開飯，二是為喜歡，倒也沒有第三個原因。

如果那是一份體面的工作，一定因為喜歡；如果那是一份不體面的工作，那一定是為了開飯，沒有人的興趣會是倒垃圾。做司機，在別人眼中究竟是體面還是不體面？被人定期追問這個問題，實在煩厭。

「有人喜歡做醫生、有人喜歡做演員，我喜歡駕車，有甚麼問題？。」

「也說得對，能夠將興趣變成工作，是一件好事，職業無分貴賤。」

Diamond 似是在安慰大衛。

大衛也費事辯解，她也不會明的。

他不知道為甚麼 Diamond 會向他說那麼多私人事，她倒沒提及她經常出入「妓院」的原因。

大衛忽然覺得，和別人聊天的感覺，久違了，想不到和 Diamond 談兩句，感覺都不錯。

「吃不吃甜品？」Diamond 一口把剩餘在杯中的紅酒喝光。

「還吃甜品？」大衛這樣想。

Diamond 看着大衛，等待答覆，大衛也看着她。

「我去看看有甚麼甜品。」說罷，Diamond 便往廚房走。

「不吃了，夜啦。」大衛說。

Diamond 聽到大衛如是說，回過頭來，看着他。

「那麼……再喝一杯。」然後她拿起一支紅酒，倒在大衛的白酒裏，而且愈倒愈滿。

「喂喂喂，瀉啦！」大衛喝止她。

三份一的白酒，混了三份二的紅酒，那杯酒變成了粉紅色，酒杯只剩下一厘米的空白。

◎ ・・・雲吞麵・・・

趙子龍和瑪嘉烈去了大排檔，現在的排檔都是在熟食中心內，難得還有少數的正宗大排檔，沒有遮擋，坦蕩蕩的在室外，還會聽到爐火熊熊，廚師拋鑊，瑪嘉烈最喜歡這些市井風味。

「炒蜆、椒鹽豆腐、炸豬手、蠔餅，還要一窩雞粥。」趙子龍機關槍式的點菜。

「嘩，我們有多少人？一窩粥？」

「粥和水沒有分別，不飽的，沒關係。不要和我客氣，有甚麼想吃，儘管點。」趙子龍十分豪氣。

「好，我想要……一支啤酒。」去大排檔豈能不喝啤酒呢？瑪嘉烈也真的不客氣。

「對對對，怎麼會忘了。」趙子龍再點了青島。

「為甚麼你會選擇青島，不點生力？獅威還買一送一。」瑪嘉烈問。

「因為青島用嶗山礦泉水釀造，所以特別清，其他啤酒沒這種清澈的味道。」想不到趙子龍這麼認真地回答。

「真的嗎？」瑪嘉烈半信半疑。

「真！不信的話，你試清楚一點。」趙子龍替她倒了一大杯啤酒。

「喝的時候還要大大口的，才試得出真味。來！喝！」他舉杯和瑪嘉烈飲勝。

瑪嘉烈也依他指示，一大口的喝了大半杯，然後她認真的回味剛才那口啤酒是否特別清澈，又好像和平時的有點不同，是不是更清呢？又說不上，但總是有些不一樣，可能是心理作祟。

大排檔的餸菜上得特別快，放滿了一桌的餸，他倆吃得津津有味。

「我小時候屋企是開麵檔的。」趙子龍喝了一口啤酒。

「專賣雲吞麵，做街坊生意，由朝早做到凌晨，阿爸、阿媽、家姐、阿哥，輪流去幫手，我最細，甚麼也不用做。每天放學就去麵檔吃碗麵，然後返屋企做功課。原本都不錯，不算大富大貴，但至少一個麵檔可以養活一家人。不過，後來……麵檔沒有了。」趙子龍欲言又止，他省去的部份應該是那些一觸及便要轉換話題的回憶。

「大大話話……我有廿幾年沒有吃過雲呑麵，你相信嗎？」

瑪嘉烈看着趙子龍，他的眼神有點悲哀，又有點憤怒。

「不要說這些陳年舊事了，把你悶壞。」趙子龍把杯裏的啤酒喝光。

能夠令一個人廿多年拒絕接觸一樣事物，那一定不是怎麼好的原因，瑪嘉烈替趙子龍把啤酒斟滿。

他們一共喝了六支啤酒，有五支應該是趙子龍喝的，瑪嘉烈只是適可而止，她不會讓自己隨便在新朋友面前喝醉。趙子龍似乎有點醉意，因為他說話愈來愈多，他繼續說他的生意大計，寵物美容、寵物酒店、寵物殯儀，看來他想建立一個寵物王國。

「你和大衛拍了拖多久？」終於說上了大衛。

瑪嘉烈正想答他時，他忽然叫埋單，打斷了瑪嘉烈回話，她不知他是故意還是真的醉了，瑪嘉烈也當聽不到他的問題。

「我送你回家。」

「不用了，我自己坐車可以了。」

「不可以，我堅持，男人怎可以讓女人單獨回家。」

說時遲，那時快，趙子龍已截停了一架的士，打開車門，示意瑪嘉烈上車。

上車之後，趙子龍告訴司機目的地，然後便瞌上眼，啤酒其實很易令人醉的。瑪嘉烈聽到他的呼吸聲愈來愈重，他應該睡着了。

「嘟。凌晨一點。」收音機傳來DJ的報時，原來已經一點，她才發現整晚也沒有收過大衛的訊息。

瑪嘉烈望着窗外，好像很久沒看過淡黃色的街燈。然後，她感到她的肩膀有一種重量和溫度，她深呼吸了一下，側頭看了挨着她的趙子龍。

距離回家還有一點路程，幸好。

……餐蛋麵……

如果大衛在家的話，他一定會為瑪嘉烈留一盞燈，他說過自己不喜歡入到屋是黑漆漆的一片，甚麼也看不到，很不安全。

門一打開，瑪嘉烈便知道大衛還沒有回家。

「好吧，謝謝你的晚餐，我已經安全回家。」瑪嘉烈轉身對在門外，堅持要看着她入屋才放心的趙子龍說。

「OK，任務完成，各位觀眾晚安。」趙子龍做了一個謝幕的動作。

二人互相對望一下，空氣靜默無聲，瑪嘉烈想入屋，但雙腳不聽腦袋指揮，因為她的心想着另一個方向。

趙子龍打破沉默：「早抖。」

「早抖。」

說完，趙子龍揮揮手便轉身離開。

瑪嘉烈把門關上，然後把大門上鎖，再扣上防盜鍊，她需要加多幾重鎖，困着自己，否則她怕自己會按捺不住。

「發生甚麼事？」她問自己。

趙子龍究竟甚麼時候、為甚麼、如何、怎樣、做了甚麼，吸引了她？還是自己的舊毛病又發作。

瑪嘉烈的毛病就是喜歡戀愛，偶然會一腳踏兩船。

這好像是一個咒語，所有關係去到某一點，瑪嘉烈總會有異心，她起初和大衛一起時，最希望的是自己不會傷害他，因為她知道大衛是真心喜歡她，但為甚麼上天總要考驗她？

如果不是趙子龍，或許會是另一個，這不是第三者的問題，這從來都是自己的問題，瑪嘉烈是知道的。她知道要和趙子龍保持距離，但愈想控制，愈不能控制，她從來都不能抗拒新鮮感。

「晚飯怎麼樣？」

瑪嘉烈被嚇一跳，大衛剛洗完澡，從洗手間走出來，她竟然沒有察覺到。

「你怎麼了？不舒服嗎？」大衛見她呆雞的樣子，走過來牽牽瑪嘉烈的手。

「嘩，你手那麼燙，沒事吧？」

「沒事，喝了一點酒。」瑪嘉烈回過神。

「去哪裏吃飯？」

「大排檔。」

「一定吃得很飽啦，又不給我打包外賣，現在我肚餓了。」大衛說完逕自走進廚房。

「你沒有吃晚飯嗎？」

「沒有，一直都沒有時間。」

「你要吃甚麼，我幫你煮。」

「不用了，煮個麵而已，你也累，洗澡睡覺吧。」

大衛打開廚櫃，拿了一包出前一丁，他開爐、燒水，然後打開雪櫃拿了兩隻雞蛋，再開了一罐午餐肉，圓形的，他一直覺得圓形的午餐肉比長形的好味，他切了兩片出來，開了鑊，煎午餐肉和蛋。

「嘩，你煮餐蛋麵？雙蛋？」瑪嘉烈探頭進廚房，看到這麼大陣仗，想必大衛十分肚餓。

大衛其實一點也不餓，他只想盡量吃多一點食物，把剛才的咖喱羊掩蓋，他不知道為甚麼有這個想法，只不過吃了另一個女人的一餐飯，竟然會有罪疚感。他不是那種可以一心二用的人。

「我幫你煎蛋啦，你煮麵。」瑪嘉烈接手易潔鑊，大衛喜歡吃燶邊的蛋，但自己卻永遠不會煎。瑪嘉烈可以為大衛做的就是煎燶邊的蛋。

瑪嘉烈在煎蛋，大衛在旁邊煮麵，一個恩愛的畫面背後，有一對各懷心事的情侶。

月亮說

▲「陪我說話。」
●「你想說甚麼？」
▲「今晚一齊看月亮。」
●「凌晨兩點，會不會太夜呢？」
▲「你平時都未瞓啦。」
●「現在才十一點，還有兩小時做甚麼好？」
▲「所以叫你陪我說話。」
●「哦，為甚麼要看月亮？」
▲「因為今晚是月亮和地球會最接近。」
●「你有朋友在月球上嗎？要不，近和遠有甚麼關係呢？如果我是月球，你是地球，我們廿年才得一次可以近距離……

▲「你看過最大的月亮有幾大？」

●「昨晚才看過一次，很圓很大，只差一天，跟今晚的沒有太大分別。」

▲「是和我一起看嗎？」

●「對呀？」

▲「為甚麼我不知道？」

●「因為你睡着了。」

▲「為甚麼不叫醒我一起看？」

●「因為不知道有甚麼好看。」

▲「如果我們説着説着，一起睡着了，又看不到。」

●「那麼，便讓月亮看我們吧。」

▲「也好。」

⑩ ・・・深宵行・・・

一切如常，大衛如常在午夜時份到「妓院」接 Diamond 回家，她沒有再喝醉，也沒有再邀請大衛入屋。

大衛其實很想知道，她為甚麼每日都會去那個地方，是有甚麼人要見，是做兼職嗎？當然，他沒有問，好奇害死貓，大衛相信的。Diamond 當大衛是朋友，雖然她沒有再邀請他入屋，但他們去的地方愈來愈多，好像今晚，Diamond 要求去超級市場。

「我想去超級市場。」Diamond 一上車便提出要求。

「有甚麼趕着要買嗎？」

「沒有，就是想逛逛。」

大衛把 Diamond 送到銅鑼灣一間24小時營業的超級市場，他打算放低她之後，去吃宵夜。

「行完打給我，接你。」大衛按着車門的自動開關掣。

「一齊行啦！」Diamond 行落車，然後打開司機位的門。

「甚麼？車放在哪？」

「半夜三更，誰會抄牌？」Diamond 拉大衛下車，大衛半推半就跟了她入超市。

行超級市場，有些人喜歡由第一個貨架開始，順序巡視每行物架，看到甚麼便買甚麼；大衛則喜歡以目標為本，每次都預備了一張清單，他只會和瑪嘉烈一起的時候才會閒逛，因為那是一個拍拖的好節目。

入到超市，Diamond 二話不說便推了架手推車，深宵的超級市場人不多，但總算還有人，多數是幾個男男女女，買零食、買酒類，想必是完了上半場，意猶未盡，還要繼續；也有拍拖的情侶和獨個兒遊蕩的孤獨漢。

雖然，比平時寧靜，但現場十分混亂，送貨的正在外面把貨物搬進超市，倉務員也忙於補貨，地上放滿了貨物。

「你有甚麼想買？」大衛問。

「很多。」Diamond 說着便領大衛由第一行的貨架行起。

「要買早餐、汽水、零食、廁紙、洗潔精……」

「你不是有工人的嗎？交給她們處理不就行嗎？」

「行超級市場是一個節目，你會叫傭人幫你去看電影嗎？」

大衛被搶白，但又覺得她說的不無道理。

Diamond 一邊推着手推車，一邊拿起貨品來看，她會拿起一包沙律菜，然後細心閱讀包裝背後各類標籤。

「你覺得 Spinach 好，還是羅馬生菜好？」Diamond 拿着兩包沙律菜問大衛。

「還不是生菜，有分別？」大衛的確不知道有甚麼分別。

「當然有分別，放入口的感覺也不同，咀嚼起來的味道也不同。」

「你自己喜歡吧，我很少吃沙律的。」沙律只有女性和基佬才喜歡吃，因為他們都要向能夠造成脂肪的食物說不。

Diamond 行完一行又一行，每買一樣食物她都會問大衛。

「雞蛋，買日本還是泰國的好？」

「你沒有吃慣的嗎？」

「經常要轉換品牌和款式，不論食物和衣服都一樣。」

「橄欖油好，還是葡萄籽油好？」

「出前一丁出了胡椒蟹味，你覺得可不可以試一試呢？」

「那麼古怪？不過一試無妨，不好吃便沒有下次。」

「十字牌，還是北海道。」Diamond 問的是鮮奶。

「北海道最滑。」

大衛最初由他自問自答或不置可否，開始和 Diamond 研究超市的食物，這個感覺多麼的熟悉。

「你沒有東西要買嗎？」在收銀處付款時，Diamond 問大衛。

「沒有哦，沒有甚麼要急着買的。」

「多謝一千二百四十六個八，八達通有沒有儲分？」收銀大嬸對 Diamond 説。

「沒有。」

「印花有二十八個。」收銀大嬸給了 Diamond 一堆單呀，信用卡呀，還有一條很長的印花。

「印花給你，多謝你陪我Shopping。」說着把那一條印花塞進大衛的褲袋。

「喂……」大衛想阻止。

「不要客氣，走吧。」

Diamond推着一車食物，走出超市。

〇二・・・大南街・・・

瑪嘉烈收到一個訊息：「救命！快來大南街。」

那是趙子龍發出來的，瑪嘉烈想也不想便致電他的手提，但駁了去留言信箱。

甚麼事呢？瑪嘉烈真的擔心起來，大南街？大南街在哪裏呀？

她跳上一輛的士，告訴司機她要去大南街。

「大南街？我送你到過海的士站轉車吧。」的士司機皺着眉。

「去甚麼過海的士站？我現在趕時間，你不去就去警署！」如果瑪嘉烈身上有張刀，她一定會亮出來。

司機見來者不善，迫於無奈：「趕時間行西隧吧。」

「總之盡快去到啦！」瑪嘉烈明知對方趁機行遠路，但她沒有心神和他堅持。

她繼續打電話給趙子龍，但一直沒有人接，究竟發生了甚麼事呢？瑪嘉烈不會把情況想到最壞，因為她知道雖然戲如人生，但戲劇性的情節從沒有發生過在自己身上，趙子龍應該不會被人綁票。

的士行西隧的確比紅隧快，不消十分鐘，瑪嘉烈便到了大南街。一去到，她就見到有途人在圍觀，瑪嘉烈心裏一沉，有途人圍觀可大可小，她四周張望，只想找到趙子龍的身影。

走進人群，她做好了看到流血場面的心理準備，但甚麼也沒有，人們只是注視着對面街一幢幾層高的舊樓。瑪嘉烈也隨着他們的視點，那幢大廈究竟有甚麼特別呢？又不見消防員打開氣墊，應該不是有人要跳樓吧。

「發生甚麼事？」一見沒有動靜，瑪嘉烈便問問前面的阿叔。

「蜘蛛俠呀，真好身手。」阿伯看也沒有看瑪嘉烈，不捨得把視線轉移。

忽然傳來一陣尖叫聲，蜘蛛俠出現了，只見一個男人出了大廈，他手裏抱着一團被毛巾包裹着的東西。她看清楚，那個蜘蛛俠不就是趙子龍？同時，有幾名女子迎上前去。

這個時候，趙子龍看到瑪嘉烈，他展露了燦爛的笑容。瑪嘉烈見趙子龍平安無事，也收起焦急的心情，她上前去看看他究竟抱着甚麼。

趙子龍把手上那團毛巾交到其中一位女子手上，瑪嘉烈剛好看到，那是兩隻白色花貓，似是剛出生的，眼也未開。

「貓？」瑪嘉烈禁不住貓了一聲。

「對啊，有個愛貓客人經過，看到有幾隻初生貓被放進膠袋，然後掛在一層樓的水渠，搖搖欲墜，便找我來幫手。」

「甚麼人那麼變態？」瑪嘉烈對於欺負動物和傷殘的人十分厭惡，但偏偏社會充斥着這些變態者。

「太多。」

「你打電話來說救命，嚇得我。」

「哈，我怕貓要急救，所以找你來。」

「我怕要急救的是你。」

「那你會救我嗎？」

怎麼他們的對話有點調情的味道？瑪嘉烈沒有答。

「那麼貓現在送去哪裏？」還是轉換話題吧。

那幾位愛貓女士對着初生貓Ｂ十分呵護的樣子，似乎可以把貓帶回家。

「嗯……」趙子龍過去和那幾位女士說了幾句，然後把貓接了過來。

「我決定帶他們回家，你可以一起來，幫忙一下嗎？」

瑪嘉烈遲疑了幾秒才答：「好啊！」

那幾秒，腦海有很多念頭。

那兩隻小白貓，一男一女，估計出生不到十天，甚麼人那麼變態，要置牠們於死地？瑪嘉烈和趙子龍去買了一些貓用品，貓廁所、貓沙、貓奶粉，買完之後，他們便一起回家。瑪嘉烈原本不想跟他回家，但趙子龍看來是一個新手，對貓的需要不太清楚，救貓救到底，去一會兒吧。

瑪嘉烈想着，除了男朋友之外，上一次單獨去男性朋友的家，是甚麼時候呢？但覺自己的問題十分無聊，還是一直跟着趙子龍走吧。

他的家在可步行的範圍，他帶瑪嘉烈穿過了幾條小街，再拐幾個彎便到了。那是一幢舊式樓宇，趙子龍住在二樓，屋內面積不大，但竟也有一個小露台。

「你家裏有露台，要記得經常把門關好，貓從高處墮下便不好了。」

這是瑪嘉烈第一個反應。

「我這裏也算高處？要小心有賊入屋就真。」

他們把貓的用具各自裝置好，瑪嘉烈負責沖奶。

「你知道怎樣餵貓嗎？」

「不懂哦。但我可以試試。」趙子龍抱起其中一隻小貓，用手臂抱着牠的身體，然後把奶咀放進貓的口。貓想必十分肚餓，很快喝光，然後再回復睡眠狀態。

「人好像牠們便好了，吃完便睡，睡完再吃。」趙子龍接着抱起另一隻小貓，已經變得熟手。

「牠們叫甚麼名字好呢？」瑪嘉烈問。

「真的要為牠們改名嗎？」趙子龍反問。

瑪嘉烈摸摸其中一隻，軟軟滑滑的。「吓？為甚麼不？難道叫牠們喂喂喂？」

「改名是一件認真的事情，要肯定收養牠們，給牠們一個家才好為動物改名。」

「你不是打算收養牠們嗎？」

「嗯……暫時吧。」

「為甚麼暫時？」

「如果我不把牠們帶回家，難道把牠們送去那些會把動物人道毀滅的甚麼動物協會嗎？暫時養養，看日後有沒有朋友收養吧。」

「那你為甚麼不養呢？」

「我最怕 Commitment。」

瑪嘉烈當下明白了，趙子龍是一個不需要承諾的人，他不需要別人的，也不會給他人。

「嗯，那麼暫時養一下，你都打算一直喂喂牠們和喵喵牠們嗎？」

「你有甚麼提議？」兩隻小貓都熟睡了，趙子龍一直輪流撫摸着牠們，實在看不出他不肯承諾會一直養牠們。

「魚蛋、豬皮、士多啤梨、芝士、火腿、蝦餃、燒賣……」瑪嘉烈念急口令般亂講了一堆食物名字出來。

「蝦餃、燒賣啦，不錯呀！」趙子龍竟然又有反應。

「那麼，哪一隻是蝦餃？哪一隻是燒賣？」

「男的是燒賣，女的是蝦餃吧！」

「嗯……似乎女的是燒賣會可愛一點。」

「好，就這樣吧。你是女，你就叫燒賣。」趙子龍說這話時，手摸着貓，眼看着瑪嘉烈，究竟誰是燒賣呢？

「你有時間會上來看看蝦餃、燒賣嗎？」

「當然啦。但不知道你甚麼時候會把牠們送走。」

「不知道呢！」

瑪嘉烈的問題有試探成份，怎會這樣的呢？瑪嘉烈有時都為自己的行為感到驚訝。

濕漉漉

能夠傷感情的，有很多因素，想不到，毛巾都是其中一個因由。

以前一間屋，只得一個洗手間。一家人用的日子，是如何走過的呢？以前等洗手間的耐性去了哪裏呢？搬了屋之後，瑪嘉烈最不習慣的就是去洗手間的習慣要改變，她以前習慣了在洗手間完成洗澡、吹頭、化妝的程序。但是，大衛這間屋的洗手間，是沒有插頭的，除非那個風筒是用乾電的，否則是不用在洗手間使用，瑪嘉烈要返回睡房才能夠吹頭。還有，洗手間就只得一個洗手盆，沒有洗手盆櫃，所以周邊沒有地方可以讓瑪嘉烈放她的護膚品和化妝品。雖然，瑪嘉烈不是一個濃妝艷抹的女子，但薄施脂粉還是需要的，於是她唯有將化妝和護膚品搬入睡房。

習慣成為習慣之前都要經過一段長時間的運作，之後要改變，說易不易，說難不難，問題在於是否願意改變。改變，為了自己，可以不知不覺，又或者為了自己會更願意，她從來都不會難為自己去遷就別人，但這不是別人，這是大衛和她的新生活。

瑪嘉烈對生活上的要求不高，但要改變她的習慣，她需要時間適應。

還有，總算有一個好處，就是她和大衛的作息時間有所不同，她起床的時候，大衛還在熟睡，很少有爭廁所用的情況。

這天，瑪嘉烈如常在按停鬧鐘後便走進洗手間，扭開花灑，一早起床便洗澡是瑪嘉烈最喜歡的，簡單的方法令頭腦清晰，她不需要甚麼 Espresso，她尤其喜歡洗完澡之後，用柔軟的毛巾裏着自己的身體感覺很舒適；就在她洗完澡，打開浴簾的一剎那，她在心裏講了一句粗口，毛巾呢？

然後，她看看那個盛載待洗衣物的籃子，她的毛巾露出了一角，想必是大衛準備洗衫，把所有衣物都放進洗衣籃，但之後忘了掛上新的。

瑪嘉烈全身濕漉漉，十分無助，應該大聲嗌大衛，還是濕着、赤裸着的走出浴室呢？她環顧四周，只有一條用來抹手的毛巾，她唯有用那條小方巾，盡量擠乾自己的頭髮，然後左手遮着上身的重要部位，再用那條小方巾，遮着下身，躡手躡腳的走出浴室，然後極速衝進睡房。瑪嘉烈拿出新的毛巾，抹乾了全身和頭髮，看着在床上熟睡得可以的大衛，她大力把毛巾一摔，朝他身上掉，毛巾掉在大衛的頭上。

他悠悠轉醒，睡眼惺忪看到赤裸的瑪嘉烈，他大概不相信自己的眼睛，以為這是夢，轉個身，再睡去。

瑪嘉烈看着大衛，一邊惱他的大意，另一方面知道他的細心，身邊有個令你哭笑不得的伴侶，或許是一種宿命。

「我想去唱Ｋ。」一上車Diamond便提出這個要求。

她現在很少直接回家，有時要去超市、有時要遊車河、有時要吃宵夜，大衛像是負責她回家前的最後一個節目。

大衛聽到她的要求，他都不會反對，可能是出於同情之心，他直覺地認為她需要散心，好像一些人，一天辛勞工作之後，需要去按摩一樣，所以在他能力範圍之內，他都會滿足Diamond的要求。

「唱Ｋ？」大衛循例都要疑問一下。

「對，想唱歌。」

大衛從倒後鏡看 Diamond，她的眉梢眼角有的倦意不只一點，倦了為甚麼不早點回家休息呢？

「你不累嗎？」大衛問她。

「累，就是累才想玩。」

有一種累，不是睡八、九、十個小時就可以消除的，身體的疲倦是最低級的倦意，最容易恢復過來；心倦了，睡不回來、喚不回來，只可以與靈魂出走了的身軀廝磨着，提醒自己還未死去。

今時今日，卡拉 OK 不再是一個熱門的娛樂場所，可能也由於沒有甚麼新歌好唱，樂壇沒落，間接或直接都影響到卡拉 OK 的生意，平日的晚上更加是水盡鵝飛。大衛和 Diamond 兩位，竟然得到一間 Party size 的 K 房，有旋轉燈光，還有個小舞台。雖然，室內已經禁煙，但 K 房有一種永恆的千年煙味，大家還是煙繼續抽。

Diamond 點了一支十八年的蘇格蘭威士忌，加冰喝。

「來卡拉 OK 喝威士忌不是要溝綠茶嗎？」大衛其實是想開個玩笑，不過 Diamond 好像聽不明白。

「你想溝綠茶？隨便，我加冰就可以了。」大衛為之語塞。

「不用了，我駕車，不喝酒。」

Diamond 瞄了他一眼，像是說「真的嗎？」，也像是「我不信。」她沒有理會大衛，拿起遙控點歌。

已經是深夜了，大衛以為應該唱一些慢歌，但這裏是卡拉 OK，來這裏的人是為了發洩。

Diamond 點了陳慧琳的幾首快歌。

要好玩 要好玩 要閃閃的襯衫 看表演 也表演 要養養一雙眼
要高攀 要高攀 吃不飽的晚餐 有衣帽間再不需工作間
今天周末 集體失憶的周末連胸襟也可擴闊連寂寞也可快活

Diamond還走上台，邊跳邊唱，大衛很少見到女人跳舞，想不到又幾好看，不覺搔首弄姿，只是身體隨着拍子搖擺，沒有風情，但有型格。

Diamond連續唱了幾首之後，喘着氣回到梳化，好像人家跳完健康舞一樣。

「好累！到你啦！」她呷了一口威士忌。

「你真的不喝一點？」她搖了搖手上的酒杯。

「要不唱歌，要不陪我喝一點。」大衛忽然覺得自己有點像陪酒，但他卻不介意。

「那麼喝一點吧。」

「Yeah!」Diamond高興地拍掌。

怎麼喝酒的人都喜歡強人所難，逼到別人陪他們喝酒好像執到金似的。

大衛自己倒了一點酒，把酒杯靠近鼻子，嗅一嗅，很強勁的酒精味道；他免為其難地喝了一口。

「嘩，很難喝。」

「溝綠茶嘛。」Diamond 認真地説。

這時響起 一首熟悉的音樂。

「你唱不唱？」Diamond 問大衛。

「我？不唱。」

「那麼他唱。」Diamond 拿起遙控器，選了歌手伴唱版。

未喝酒便已醉倒　暗暗夜色還早

彷彿偷偷説預告　今晚下去　很好

那是杜德偉的《如泣如訴》。

Diamond再呷了一口酒，很放鬆、很陶醉的樣子，她慢慢躺下她那疲儻的身軀，她的頭枕着大衛的大腿。

這世界不必天荒地老，情總有還無　惟知道我與你未老
深宵相對共舞　星光一一數　多好

瑪嘉烈並不是愛上了趙子龍，她只是開始有點不適應和大衛一起的生活，她需要有點調劑，情感上的調劑，讓自己的心向外跑一趟，心跳加速完，總會平伏，若果對方沒有採取主動。

趙子龍經常找瑪嘉烈，他有問不完的貓問題，例如：「吃乾糧又同時可以吃濕糧嗎？」、「體重沒有明顯上升，有問題嗎？」、「為甚麼貓經常會脫毛呢？玩電筒好，還是玩波好？」

無奇不有的問題，問之不盡，而他也經常邀請瑪嘉烈上門探望蝦餃和燒賣。真的只是單純地因為貓？還是這是個藉口？

無論如何，瑪嘉烈多數都願意赴會。好像今天晚上，趙子龍又突然因為有客人，所以問瑪嘉烈能否先到他家看看燒賣，因為早上，牠好像有點水土不服，怕牠有事，為安全計，還是找個人早一點看看貓；瑪嘉烈當然樂意之至。

趙子龍把門匙放在地氈底，着瑪嘉烈自己開門。他家附近有一個舊式街市，是必經之路，瑪嘉烈經過一家賣上海麵食的老店，她停了下來，因為雲吞皮吸引了她。不知何故，她買了半斤雲吞皮，然後如一早安排好路線，去海鮮檔買蝦、去豬肉檔買半肥瘦豬肉，去菜檔買韭黃，她打算包廣東雲吞。

她記得趙子龍家的廚房面積不大，但一般的廚具都有的，兩個小時，應該足夠包好雲吞。

瑪嘉烈不知道自己為甚麼要這樣做，她只知道她想這樣做，做了出來有甚麼後果，他喜歡也好，他愕然也好，沒反應都好，她其實不在乎。

打開門，蝦餃燒賣沒有出來迎賓，牠們各佔窗的一角，享受那殘餘的微弱陽光，貓那麼喜歡曬太陽，應該沒有抑鬱症。瑪嘉烈開始動手，將所有材料切好，撈勻，加入調味料，瑪嘉烈便開始包雲吞，她很久沒有做這味食物，大衛比較喜歡肉類，她通常都會為他煎牛扒、炆牛尾。不過，包雲吞的手勢只要試過，便不會忘記，瑪嘉烈包得好快，因為她想在趙子龍回家前完成。

包好最後一隻雲吞後，瑪嘉烈看着那十隻一行，總共排了六行的雲吞，新鮮飽滿，她自己也很滿意。這個時候，趙子龍回來了。

「真麻煩你。牠們還好嘛？」

「沒甚麼呀，行得走得吃得，不似不舒服。」

「燒賣，你騙了瑪嘉烈上來了。」趙子龍把燒賣抱在懷中。

「應該是你騙我上來吧。」瑪嘉烈打趣説。

「引……瑪入室，哈哈。」趙子龍看到餐桌上的一盆雲吞，收起了燦爛的笑容。

「你做的？」

「不是我，難道是燒賣？」

趙子龍走近看看：「雲吞來的？」

「對啊！」

「實在太過份。」趙子龍冷冷的說。

瑪嘉烈想不到他的反應會如此直接，雲吞難道真的是不能觸及的防線。

他還要再說一遍：「實在太過份。」

「太過份，竟然得那麼少，夠你吃，還是夠我吃？」他一抬頭，笑意盈盈地看着瑪嘉烈。

然後又如何呢？

瑪嘉烈不去想太多，先把雲吞煮好了再算。

⋮ 榨汁機 ⋮

偶然，大衛都有早起的時候，他早起的一天，通常都會做早餐。對於一個不諳廚藝的人，煮早餐最有滿足感，滿足是因為他可以為瑪嘉烈下廚。

他最拿手的是炒蛋、香腸和火腿通粉。炒蛋要滑，所以他會加點牛奶，他會先把鑊燒紅，把蛋漿倒下去之後，立即熄火，然後不停前後搖動平底鑊，以餘溫炒的蛋，不會太熟，上碟的時候還有一點蛋液狀，綿滑。大衛練習過很多次，未曾失過手。只不過，瑪嘉烈對炒蛋的興趣不大，除非有多士，於是大衛又會烘一塊多士，沒有牛油也沒有奶油，更加沒有果醬，瑪嘉烈會把炒蛋放在多士上，變成了炒蛋多士，蛋便會變得很好味。

瑪嘉烈其實又不太喜歡通粉，她總說通粉淡而無味，大衛說可以用番茄湯底呀，她又說不喜歡酸的湯底，但有一次大衛帶她去茶餐廳，吃了一碗叉燒通粉，她又非常滿意，大衛十分不明，因為那碗通粉真的是淡而無味，瑪嘉烈告訴她，那種沒有坑紋的通粉，味道和有坑紋的不同，特別有質感。不是瑪嘉烈這麼一說，大衛都沒有留意過有坑紋的通粉和無坑紋通粉的分別。究竟哪裏可以買到無坑紋的通粉呢？大衛走遍超市和街市，最後在一間舊式粉麵店找到，大衛買了回家，以備不時之需。

香腸呢？香腸，瑪嘉烈喜歡吃香腸，只要把腸切成了八爪魚狀，再加芥辣和茄汁，她便會很滿意。然後，大衛會為她準備一杯鮮榨果汁，外出吃早餐，瑪嘉烈會喝茶走，但是在家的話，她最喜歡一早起床先喝一杯白開水，然後再喝一杯果汁。果汁當然是鮮榨的好，就算現成的如何標榜鮮製，都不及即時榨完即時喝，果汁的維他命放了太久會消失的，最好就是榨完之後十分鐘就喝掉它。為了讓瑪嘉烈喝到鮮榨果汁，大衛買了一部榨汁機，現在的榨汁機真的十分先進，甚麼蔬菜、生果一放進去，轉眼便榨成汁，不過榨汁機最大的問題就是要清洗，瑪嘉烈經常投訴，大衛把廚房搞到翻天覆地，要她收拾，瑪嘉烈口裏雖然在埋怨，但是大衛負責煮早餐的話，她總會負責善後工作，而且把最難清洗的榨汁機拆開洗淨。

珍惜家裏的用品，代表珍惜這個家，大衛看到瑪嘉烈那麼細心的清洗榨汁機，覺得十分欣慰。

早餐準備好了，餐桌上有炒蛋、香腸、多士、火腿通粉，還有甘筍蘋果汁，還有陽光的點綴。

但是，瑪嘉烈呢？

昨晚，瑪嘉烈沒有回來，她去了哪裏呢？她的電話也駁了去留言信箱。

大衛看着那一桌早餐，有一點兒難過，只要經歷過便不會忘記，這是其中一種。

〇 ⋮等下去⋮

大衛收到瑪嘉烈的一則訊息：「要照顧喝醉了的朋友，你睡吧。」當時是凌晨三點。大衛和瑪嘉烈很少過問對方的日常行蹤，和誰晚飯、哪裏晚飯、甚麼時候回家。一段關係，最需要的是空間，所以那個喝醉了的朋友究竟是誰，大衛完全沒有概念，他只粗略認識瑪嘉烈幾個比較熟絡的朋友，大抵是她們吧，女人喝醉，需要人照顧也是合理的。

大衛一直等一直等，夜愈來愈深，瑪嘉烈還未有蹤影，他行不安、坐不定，甚至站在窗前，看到有駛過的的士都會希望他們可以停在自己的大廈門前，到終於有一輛停了，他渴望下車的是瑪嘉烈，可惜，大衛的希望落了空。他有查看瑪嘉烈在 Whatsapp 的最後上線時間，就是凌晨三點，傳了那個訊息給他之後，她便沒有上線了。

那麼，不如打個電話給她吧？大衛沒有這樣做，他選擇駕車，每逢他心煩意亂，他都喜歡駕駛，漫無目的地兜圈，有時候會風馳電掣，算是一種發洩，自能冷靜下來，也許是潛意識驅使，大衛不知不覺，駕車來到瑪嘉烈的舊居。他並不是故意的，但沿路一直行便來到，大衛把車停低，看看那幢熟悉的大廈，原來最近翻新了，外牆變了磚紅色，一、二、三、四、五、六，大衛在心裏逐層數，七、八、九、十、十一、十二。那是瑪嘉烈以前的家，為甚麼會有燈亮着的呢？那個位置應該是客廳。

大衛以為自己數錯，再數一次，一、二、三、四、五、六、七、八、九、十、十一、十二。沒有錯，是那個單位，那燈光像一把刀，大衛覺得他的心有點隱隱作痛。為甚麼她的家會有人？會不會是瑪嘉烈的親戚去了暫住呢？瑪嘉烈帶了那個喝醉了的朋友去她家？那個朋友是甚麼人？是男？還是女？會不會是忘了關燈？還有甚麼可能性呢？大衛一直看着那個窗口，如果他有一對翼，他會飛上去看看屋內的情況，他很想知道瑪嘉烈是否在屋內，和甚麼人一起？就在這個時候，那燈光熄滅了，有翼也沒有用。

回到車上，大衛把的士停在一邊，如同以前每朝接瑪嘉烈上班一樣，每當看到她從大廈走出來，他的嘴角便會向上，大衛是知道的，他知道和瑪嘉烈一起，他笑得最多，她根本甚麼也不用做，單是看到瑪嘉烈，他便快樂。現在，他一樣期待瑪嘉烈會從大廈走出來，他希望只有她一個人，或者和女性朋友一起走出來，那麼他便會出現，給她一個驚喜；如果那是一個男的，那應該如何反應呢？

真相不是人人有勇氣去面對，有人說，知道得愈少，感情會愈長久，究竟應該繼續等下去，還是離開？

(一) 酸辣湯

瑪嘉烈回家時，已是第二天的中午。

星期天，大衛通常都不會開工，他會陪瑪嘉烈到街市買餸，然後回家煮飯，瑪嘉烈依然喜歡入廚，大衛非常熱衷充當助手，而瑪嘉烈通常會把他趕出廚房。瑪嘉烈回家之前，打了一通電話給大衛。

「喂。」每次他們通話，都是大衛先出聲，瑪嘉烈有一個習慣，不論是自己致電，還是接聽來電，都會先讓對方發聲，她才會回話，她想先從別人的語調，推敲他們的心情，然後去調節自己的語氣，以至談話內容。

大衛每次接聽她的來電，那一聲「喂」，都是充滿欣喜，瑪嘉烈聽得出的。此刻，瑪嘉烈十分忐忑，她不知大衛會怎樣對待她，她竟然還有點害怕，但從來都沒有對她發過脾氣的大衛，又有甚麼可怕呢？又或者應該說，瑪嘉烈心裏有歉意，也膽怯；無論如何，這個電話也要打的。她更不會傳訊息給他，這時候不是等待答案的時候，速戰速決。

電話接通了兩秒鐘，大衛已接了電話，那一聲「喂」是多麼熟悉，他的語氣和平日不同，這天多了點溫柔。

「喂。」瑪嘉烈用了一個佻皮的語調去「喂」。

「喂，我現在去買餸，要來嗎？」瑪嘉烈預備了幾句開場白，按情形出牌，最差的情況，是大衛默不作聲，那麼她也會沉默；不過，這是最好的情況。

他們相約了在家附近的街市等，然後如平常一樣，瑪嘉烈問大衛想吃甚麼，大衛都不出那幾個提議，蒸魚、炆牛腩和打邊爐，不過今天他的要求比較特別。

「我想飲酸辣湯和小籠包，最好加一碗嫩雞煨麵。」
「上海菜？」
「對，很久沒吃。你試過做酸辣湯嗎？」
瑪嘉烈想了想：「好像沒有，不過可以試一試，不難的。」
「我記得你以前買過一個外賣給我，酸辣湯，在你家附近新開的，記得嗎？」
瑪嘉烈想了想：「有嗎？沒有印象，街外的食物怎及自家製的好？讓我試試吧。」
大衛笑了笑，不置可否。
瑪嘉烈的記性真的很差，她忘記了曾經有一天，她為大衛煮過一碗酸辣湯，然後裝作那是街外買回來的，大衛一嘗便試出那是瑪嘉烈親手煮出來的味道，他還戲弄瑪嘉烈，說想要試試小籠包，她真的回家試做。大衛一直沒有把瑪嘉烈這個心思揭穿，他不知道為甚麼她要說這大話，可能她不想被大衛知道她的廚藝十分出色吧，大衛便一直由她，當作那是他自己為瑪嘉烈保守的一個秘密。

如今重提，有兩個發現，第一，他知道瑪嘉烈不是一個說謊高手，因為她的記性實在太差；第二，就算她真的欺騙了自己，他知道了，他也會幫她一起隱瞞。

能夠白頭到老，不會是偶然的。

・・・摩天輪・・・

雖然，大衛最近成為了 Uber 司機，但不能令瑪嘉烈直接受惠，她仍是在繁忙時間連環被的士司機拒載，她一說了目的地，就得到如此答覆：

「小姐，你坐下一架啦。」

「甚麼？這不是的士嗎？為甚麼要我坐下一架？」

「坐下一架啦，我收工。」說着，那個的士司機便把的士「冚旗」。

「你有沒有搞錯。」瑪嘉烈實在火光，但無計可施，唯有下車。

她上了下一架的士，一說目的地，得到的回覆竟是一樣，她以為自己去了鬼域，那明明是鬼片的情節。她在心裏不住咒罵那些司機，希望他們被警察抄牌。

在她離開第二架的士時，竟有車向她響按，這絕對是火上加油，瑪嘉烈立即去找尋誰個司機那麼大膽，當她怒目環顧，竟看到趙子龍向她揮手。

「上車吧，瑪嘉烈！」

瑪嘉烈十分尷尬，被趙子龍看到自己的醜態。

「那些酒店門外的的士，統統是等酒店客去機場。」

「神經病的！酒店客去食飯、Shopping 不可以嗎？」

「哈哈，不要那麼氣憤，不值得。」

「你在這裏做甚麼？你不用工作嗎？」

「剛完了，可以收工。正想去腳底按摩，你呢？」

「沒有，想回家。」

「那麼你想一起腳底按摩嗎？」趙子龍如此邀請。

「好呀！」瑪嘉烈答應了之後，才想到一起按摩這回事，好像有點親密，但又隨即想到，只是按腳，沒有甚麼大不了。

「那麼我先放低車，再去按腳。」趙子龍要交車給大衛，會看見她嗎？瑪嘉烈擔心過一下，但又隨即想到，他們在街遇上，沒有甚麼大不了。

原來，趙子龍只需要把車放在停車場，瑪嘉烈想多了。

趙子龍和她去了一家樓上按摩店，他似是熟客，店員二話不說便帶他們去了一間二人房。

「你經常來這裏嗎？」瑪嘉烈想打破侷促，隨便打開話匣子。

「來過幾次，師傅們手勢很好，又有個室，特別適合情侶。」趙子龍若無其事，拿出手機來玩。

「有情侶套票嗎？價錢平一點的話，我不介意的。」瑪嘉烈也不甘示弱。

「不介意甚麼？」趙子龍露出一個狡猾的眼神。

按摩師傅適時進入，完結了這次或許可持續發展的調情。

不過，這晚上並未就此完結。

從按摩店走出來，趙子龍提議去吃晚飯，說附近有間店做餃子做的很好，瑪嘉烈又真的感到肚餓，自然奉陪。他負責帶路，但兜兜轉轉的，天橋、隧道、隧道、天橋，竟然走到海岸邊新落成的摩天輪附近。

「怎麼不見了呢？香港的地方變得真快。」

「沒所謂啦，隨便吃點甚麼都可以。」瑪嘉烈真的很餓。

「不如我們上那裏吃？」趙子龍遙指不遠處的摩天輪。

「吓？上面吃西北風？」

「來吧！」趙子龍拖着瑪嘉烈快跑地走過去，只一刹那便鬆了手。

摩天輪是不准飲食的，趙子龍在路經的便利店叮了些雞髀、點心，偷運了上摩天輪。

「這頓晚餐是不是很特別？」趙子龍問。

「沒有試過這個組合，還好。」在高空中看着夜景，吃着雞髀，的確是非一般，瑪嘉烈一直看着摩天輪外的風景，想起大衛怕高，應該不會和他來這裏。

「為甚麼情侶都喜歡坐摩天輪？」趙子龍似在自言自語。

「浪漫啩。」想不到瑪嘉烈會答。

「那麼現在浪不浪漫？」

沒有等待瑪嘉烈的回應，趙子龍已朝她的唇送上一個吻。

瑪嘉烈想推開他，但她沒有。

◎‧‧‧大眼雞‧‧‧

戀愛是黑白不分，是非顛倒，明明是對方錯了，但總會為對方找藉口，甚至責怪自己不應該怪她，不夠體諒她。一人好像正在分飾幾角，思想正在分裂，在自問自答，大衛正在經歷，但他不知道瑪嘉烈沒有回家是不是錯？有人說過同居男女，就不能單獨在外過夜嗎？只不過是過夜，又有甚麼大不了？

與其自己在亂猜，為甚麼不直接問瑪嘉烈呢？不過，這幾天他回到家時，瑪嘉烈已經上班去，他也不知道自己是不是故意避開，拖延回家的時間。

早知道這樣，便不提出一起住吧，若果不是一起住就不會每日都知道她的行蹤，就不會每天都期待她回家，就這麼一次，已經動搖了對瑪嘉烈的信任，實在太不該。大衛覺得自己的疑心太重，但他卻不能控制，瑪嘉烈究竟和誰過了一晚？

當時不問，現在把前事再翻出來查根究底是一件老套的事，舊事重提是一種不健康的舉動，尤其不是一件開心事。算了。

每人都有一個令自己冷靜的方法，有人喜歡游水、有人會購物，大衛每有煩惱，他都喜歡打開雪櫃，沒甚麼的，就是打開看看，好心情時看到雪櫃的食物，心情會更好，心情不好時，打開雪櫃，心情便不會那麼壞。

在選購新居的家庭用品時，雪櫃是一個重點項目，他們專登相約要一起揀選雪櫃。他們很快便達成共識，雪櫃要有三層，冰格、蔬菜格和冷藏箱，要自動製冰，他們都喜歡白色，揀雪櫃時，他們是多麼的快樂。

打開雪櫃，大衛看到一隻用保鮮紙包好的餐碟，他拿來一看，上面有一張字條，寫着：「有粥。」

那是一條潮式凍魚——大眼雞。有一次他們去打冷的時候，瑪嘉烈曾經講過，凍魚其實很容易做，只要用鹽醃，再蒸便成，大衛不信那麼簡單，曾經好多次要求瑪嘉烈弄一次，她也不理會，現在那條凍魚竟然出現在眼前，還有粥。大衛打開爐頭上的那個煲，煲蓋還是暖的，那是菜乾豬骨粥，都是大衛喜歡吃的。他立即把粥翻熱，然後開始品嘗那條大眼雞。

吃凍魚和粥做早餐，還算第一次，瑪嘉烈的手勢真的有她的板斧，魚肉十分結實，而且保持鮮味，她是甚麼時候弄這條魚的呢，魚的溫度，不似雪得太久，可能是早一晚先醃好，今早再蒸。大衛一邊吃着，竟然發現自己有點點淚光，那件事實在令他太困擾，他這一頓早餐，令他知道，瑪嘉烈是着緊他的，而他是真心喜歡瑪嘉烈，真心愛一個人，不會捨得找她的不對。

他決定不去再問那一夜，誰和瑪嘉烈渡過，因為無論是誰，都不能破壞他們的關係。

那條大眼雞和那煲粥，功效如孟婆茶、忘情水、失憶麵包，那件事當粉筆字抹去吧。

……野火會……

「你的樣子看來不太快樂，為甚麼呢？」Diamond 今晚覺得大衛的五官是屬於有煩惱的，當事人通常都不知道。

「沒事。」除了五官，聲線也能聽得出情緒。

「沒可能，不過你不想承認便算了。」Diamond 打開車窗的玻璃，看着窗外。
「你想去哪兒？」大衛問她。
「你呢？今晚我陪你，你話事。」Diamond 這樣説，大衛仍然木無表情。
Diamond 看到大衛沒有反應，她決定下車。
「坐過去。」她打開車門，要坐上司機位。
「你想做甚麼？」這逼得大衛終於有反應。
「走開！走開！」Diamond 推大衛去乘客座位，然後自己跳上車。
「我駕車，戴安全帶。」想不到 Diamond 開車的技巧十分純熟，大衛的七人車就在她掌握之中。
Diamond 把車駛到通宵營業的超級市場。「等我。」講完自己便下車。
大衛也沒有怎麼理會 Diamond，女人總是喜歡發癲，他見怪不怪。

過了不久，Diamond 大包小包的搬了上車，然後再開車，大衛沒有為意她買了甚麼，車朝着 Diamond 家的方向行駛。

「你知我們要去哪裏？」Diamond 在紅綠燈前點了一口煙。

「隨便。」大衛打開車窗，他現在甚麼也想不到，腦筋的一部份像停止運作，運作着的那一邊就只在不停地重複一個問題：「瑪嘉烈究竟和誰過了一晚？」

車走了一段路，原來 Diamond 不是回家，她把大衛帶到一個在她家附近的沙灘。

「到了。」Diamond 先下車，然後到後座取剛才買的一包二包。

「過來幫手。」

大衛看到那一包二包，原來是炭、燒烤叉和牛扒、豬扒、香腸等等等等。

「你買這些做甚麼？」

「今晚的宵夜是 BBQ。」Diamond 回答得十分洋洋得意。

「BBQ？」這個提議實在把大衛喚醒了。

沙灘附近有幾個燒烤爐，Diamond 選了一個靠近路邊，街燈可以隱約照射到的，然後加上七人車的車頭燈，燈光竟成了淡黃色。

Diamond 還落手落腳起爐，她把炭疊起，中間留了一個空位用來放炭精，只要她拿起雜誌，左撥右撥，不久，火便起了。

「很肚餓。」說着 Diamond 便拆開一包香腸，二話不說的插了兩條在燒烤叉上。

「這些香腸是致癌物，你吃嗎？」

「我不餓。」

「你不餓，我餓，你燒牛扒啦，牛扒和腸仔最快熟。」大衛便依着 Diamond 的要求，燒起牛扒來。

「BBQ你最喜歡甚麼食物？」Diamond一刻也不能停下來。

「嗯，香腸、雞翼。」大衛説完之後，便回歸沉默。

「BBQ整件事當中，我最喜歡的就是燒的過程，看着食物由生變熟，適當的控制火路，令它們變得完美；然後得到他人讚賞，是一件充滿滿足感的事情。」

大衛仍然不語。

「你要不要吃一條？」Diamond手上那一雙腸都已燒熟。

大衛看着那兩條腸，Diamond在燒烤方面，或許真的有一手，那條腸香氣四溢，灑了蜜糖更顯得金光閃閃。大衛也抵不住引誘，拿了一條致癌物來吃。

Diamond見大衛好像有點起色，也就不放過這個機會：「你為甚麼要説謊？」

「我說甚麼謊？」

「你說沒有女朋友，不是說謊嗎？」

◯ ．．．魚肚白．．．

大衛很少向人訴苦，他不覺得把苦說了出來，沒那麼苦，況且男人之家，怎麼好意思向人傾心事？雖然，Diamond 不停的追問，他都沒有講些甚麼，畢竟 BBQ 是一個很好的散心活動。

「為甚麼你不問我問題，一個女子，不時外出至三更半夜，你不好奇的嗎？」Diamond 問大衛問題不果，決定講自己的問題。
「我不想知，萬一告訴我，每晚你去那個地方是送毒品、賣淫或者食狗肉，我不知怎面對。」大衛在燒牛扒。
「你要面對甚麼？」
「交叉點，不知道應報警拉你，還是放過你。」
「你見到有罪案發生，一定會報案的嗎？」Diamond 為燒烤爐加炭，戴着膠手套的她，有點賢淑。
「當然啦，這是市民的責任。」
「那麼你會報警拉我嗎？」
「不知道。我和你又不算朋友，但又算是相識，或者可能會放你一馬，若你做違法的事情，最好不要讓我知道。」

「運毒、賣淫、吃狗肉，最會因為哪件事而報警？」

大衛認真地在考慮：「運毒，因為那是一件累人不淺的事情。」

「賣淫呢？」

「我想應該沒有女人為興趣而賣淫，出賣身體去賺錢，不到最後一步也不會幹，應該獲得理解。怎麼？你真的是每天晚上去賣淫嗎？」

「你真的想知？」

大衛搖了搖頭：「我不要知。我們只是局部賓主關係，不需要了解大家太多。」

「我以為我們一起行超市、BBQ，總算是朋友吧。」

「沒所謂啦，朋友、家人、情人，任何的一種關係都是暫時的，今天不結束、明天都會結束，明天不結束，終有一天會完結。」大衛感慨。

「既然是這樣，我們就成為朋友吧，你好我叫 Diamond。」Diamond 伸出手，要和大衛握手。

大衛把右手拿着的燒烤叉調了去左手，騰出右手和 Diamond 握手。

「很高興認識你，大衛。」Diamond 認真地看着大衛，如像真的初次認識他。

他們繼續在 BBQ，原來 Diamond 的胃口十分大，到了天空出現魚肚白時，差不多把所有食物都吃光。

「你覺不覺得，魚肚白的白，特別純淨？」Diamond 看着遠方問大衛。

「沒有特別留意。」

「你現在看看，那邊的白色，那些就是魚肚白。」Diamond 指點天空的一方。

「那些？」大衛又跟着指。

「不不不，那些是雲，天空在那邊。」

「雲上面，還是雲下面？」

「下面。現在有點點陽光那裏。」Diamond 繼續指。

天空那麼大，究竟 Diamond 指向哪一方？

「看到嗎？魚肚白一定在東方。」

「哦，早點說吧，在東邊。」大衛看着陽光出來的方向，白色的天空，有哪部份特別白嗎？似乎沒有，大衛找不到分別。

「看得出嗎？」Diamond 對大衛能否找出魚肚白似乎十分着緊。

「唔……」在大衛支支吾吾之際，太陽開始出來了。

「現在沒有了。」Diamond 略帶失望。

「不要緊，下次再看。現在先看日出，紀念我們成為朋友的第一天。」

今天看不到魚肚白，以後你看到，就會記起，曾經和一個人想看魚肚白，但看不到。」

大衛看着Diamond，咀嚼她這番話的含意。

◎‧‧‧爐端燒‧‧‧

趙子龍約大衛見面，才想起自從他的寵物美容事業蒸蒸日上之後，都沒有怎麼見過面，他知道關於他的業務和近況都是從瑪嘉烈口中得知，大衛還沒有甚麼心情應酬，但上次請食飯他沒有去，今次沒有藉口推卻。

他們約了在一家日式串燒店見面，趙子龍說那是一家私竇，知道的人很少，老闆是以前某次生意上認識的。串燒店在一幢商業大廈裏，大廈的入口在一條橫巷內，果然十分隱閉。大衛看看水牌，那幢大廈一梯一伙，名稱都是「YY CLUB」、「18club」、「Meow」，名稱隔離都有一張艷照，似乎這大廈大部份都是色情場所。串燒店在十二樓，電梯門一打開，已經聽到嘈雜的人聲，一打開門大衛以為自己去了日本，因為顧客大部份都是日本人，他們當然在説日語，而且相當大聲，這種叫做氣氛。店子不大，大衛一眼便看到坐在吧枱的趙子龍朝他揚手。

「嘩，好像去了日本。」

「哈哈，你不怕嘈便好了。」

「應該嘈的地方是會嘈的，水盡鵝飛怎麼像居酒屋？」大衛左顧右盼想找侍應，不過全場好像只得一位大嬸。

「你想要甚麼？我幫你拿。」

「我想要可樂。」有一種現象叫 Deja vu ，即一些剛發生的事情，明明之前沒有出現過，但卻有似曾相識的感覺，大衛向趙子龍說「我想要可樂。」這個畫面，好像似曾相識。

趙子龍自己走去雪櫃拿了一罐可樂給他。

「這裏是這樣子的，人多，自己 Serve 自己。」

趙子龍點了一連串的食物，大衛也樂得有人 Serve 自己。

「近來生意怎樣？」

「不錯，瑪嘉烈介紹了很多客人給我。」

「對，她有很多朋友都有寵物，可能女性都比較喜歡貓貓狗狗。」

「瑪嘉烈不喜歡嗎？為甚麼你們不養？」

「暫時沒有打算。她也沒有提出，想必大家的興趣也不大。你約我出來做甚麼？」雖然這條題目有點唐突，但他總覺得趙子龍有需要才會約他。

「朋友見面要有特別原因的嗎？」趙子龍呷了一口啤酒。

「我覺得瑪嘉烈她很好人，又靚，又幫到手。」

「她有很多缺點是看不到的，對了，你下一個創業計劃是甚麼？」大衛不喜歡和任何人談論瑪嘉烈，故意扯開話題。

「還沒有甚麼打算，這條寵物路好像幾好走，可能可以一直走下去。」

食物陸續來了，大衛實在肚餓，所以他十分專注在食物身上，趙子龍明顯有很多話題，由歐洲難民到土地問題，他都會有見解，大衛只在聽，也不妨。不是許多人的言論他都會有耐性聽下去的。吃吃喝喝，時間最容易過，食客走得七七八八，大衛也肚滿腸肥，趙子龍和負責串燒的師傅在寒暄，話題好像是英超，似乎趙子龍是車路士的球迷。

「贏是因為摩連奴，輸也是因為摩連奴，成也風雲，敗也風雲，對不對大衛？」趙子龍一手搭着大衛的膊頭。

「我不看足球的。」

「呀……對，想起來了，以前大家放學後去踢足球，你永遠也不加入的，我記起了，這麼多年都沒變嗎？」

「有些東西，小時候不喜歡，長大了也一直不喜歡。」

「那麼，小時候喜歡，長大了又會一直喜歡嗎？」趙子龍認真地問。

「你記不記得我臨走前送你的那份禮物？」

「記得！」

「喜歡嗎？」

「人家送的所有禮物，我都喜歡。」

「喜歡就好了。」趙子龍露出一個明白的眼神。

大衛其實沒有打開過那份禮物，一直都沒有，他甚至忘了在哪一次搬家的過程中，丟失了。

◎···爆米花···

Diamond 近來不太去「妓院」，大衛都是到家裏接她，一上車她準會想好目的地，好像今晚她說要去看午夜場。

大衛覺得 Diamond 很寂寞，只有寂寞的人才不願留在家中，比着很多人，有如此的一間向海大屋，怎會每晚都出街跑？

「午夜場？有甚麼電影好看？」

「誰說去戲院一定是為了看電影？」Diamond 坐上了司機旁邊位，然後拿出手機。

「喂，旺角有午夜場，我們去旺角。」大衛搖了搖頭，然後啟程。

大衛最深刻的午夜場是當年王家衛的《阿飛正傳》，正在讀中學的大衛和同學期待看張國榮扮占士甸式的阿飛，飛車、打鬥、黑皮褸，結果只看到張國榮在家裏着背心、短褲、跳 Cha Cha；戲院的觀眾在電影開始了半個小時已經大聲談話，更有人大聲打呵欠；十幾歲的青年怎會看得懂王家衛？大衛當時真的不知道這電影想表達些甚麼，看到中段便睡着了。但後來這套戲又不知不覺成了經典，大衛每隔幾年也會重看，想補償當年不識貨的缺口。那個和大衛一起看《阿飛正傳》的，就是趙子龍。

因為 Diamond 提起午夜場，大衛忽然想起，原來他和趙子龍都一起消耗過青春，現在你叫他去看午夜場，他會寧願回家看影碟。

今天的午夜場已經不如以往般墟冚，人們的娛樂多了，看電影的途徑又多，就算是大片，觀眾也不以為然。

「走吧！」Diamond 自己去買了戲票。

「我們看甚麼？」

「開場了，不要問。」她迅速買了一桶爆谷、汽水，然後進場。戲院內只得幾對男女，也沒有帶位員，Diamond 自己找到了座位，場內燈光剛好漸暗。

那是一套美國超級英雄電影，大衛搞不清《復仇者聯盟》和《神奇四俠》，這類電影看時分不清，看過了也記不起，而且他對科幻的打鬥片沒甚麼興趣，打完一輪，一定要邪不能勝正，主角永遠不死，如看愛情片，主角永遠都不會分手收場，那有甚麼好看呢？

Diamond 一直把爆谷捧着，大衛伸手去拿。誰知 Diamond 知道他想拿爆谷，便整桶放到他的大腿上，然後拉起座位中間的把手，一隻手翹着大衛，另一隻手繼續拿爆谷。

這突如其來的舉動，大衛不想反應，「就由得她吧。」他是這樣想的。

大衛也抓了一些爆谷，喔，爆谷是鹹的，Diamond的品味和瑪嘉烈一樣。

「這些戲好看嗎？」散場後，大衛禁不住問。

「沒甚麼所謂，我只是想進戲院吃爆谷，我們回家吧。」Diamond 仍然坐上前座。

「我想聽杜德偉。」這女子真多要求。

你說你有點凍　輕輕的轉身緊緊把我抱擁
我像浮沉在夜空　暖的感覺在流動
眼裏愛意輕碰　一幅一幅畫面閃過腦海中
世上離合難自控　誰料我與你竟能遇中
想起車中跟你初相逢　匆匆的只怕落了空
想起彼此所有的不同　這晚卻暢快地接通

「悠悠晚風迷濛夜空　陪伴着我聽你的心窩跳動
原來這生長長路中　可找到你的愛共情這樣濃」

Diamond 跟着唱。

然後，她嘆了一口氣。

⋯雪中情⋯

Diamond這晚重新坐上乘客的位置，大衛以為她會坐在自己旁邊，但也沒所謂，女人就是這麼飄忽。

「今晚又想去哪裏？」大衛問。

沒有答覆，大衛瞄一下倒後鏡，Diamond低着頭，一隻手掩着臉，他看不到她的表情。大衛再等一下，等不到回覆，卻等到飲泣聲，Diamond不知為甚麼哭了，有一種哭泣是，開始流第一滴眼淚，就會收不了，一定要哭個夠本為止，Diamond 的哭泣應該是這種。遇上這種情況，切忌問對方哭泣的原因，人家都一把眼淚，一把鼻涕，還要人向你交代？哭就是因為傷心，沒有其他原因。大衛把一盒紙巾遞了去後座，Diamond 接過了，然後他把車開動。

人家在痛哭，一忌問原因，二忌一起沉默，自言自語又好、唱歌又好，總之弄點聲音出來，分散一下氣氛，大衛不會搞氣氛，他唯有播點音樂。

你以往愛我愛我不顧一切 將一生青春犧牲給我光輝
好多謝一天你改變了我無言來奉獻柔情常令我個心有愧
Thanks Thanks Thanks Thanks Thanks Monica 誰能代替你地位

這個時候，不能播慢歌和那些傷心的歌，和酒入愁腸愁更愁的道理一樣。

太陽星辰 即使變灰暗 心中記憶 一生照我心
再無所求 只想我跟你 終於有天 能重遇又再共行

「張學友那麼多歌曲之中，我最不明白這首，不知是勵志歌，還是情歌。」大衛嘗試亂說些甚麼，不過 Diamond 的眼淚還未停止。

傾斜的雨絲 傾斜的鏡子 傾斜偷窺我
愛到這樣盡情為何天大地大仍難繼續

「林憶蓮的快歌最好的。不只唱得好，她還真正懂得跳舞；可惜，現在她都不唱這些歌。」大衛好像傻瓜，不停自言自語。

燈光裏飛馳 失意的孩子
請看一眼這個光輝都市
再奔馳 心裏猜疑
恐怕這個璀璨都市 光輝到此
隨幻覺隨動作　隨着急促音樂
在盤旋每個角落　流着少年脈搏
隨着一杯可樂　盡忘懷一切失落

達明一派的歌好像起到一點作用，哭聲漸弱，大衛再偷偷從倒後鏡看她，見她已平靜下來，一直看着窗外。

「如果現在落雪，便好了。」Diamond 已回復平靜，又開始胡思亂想。

雖然，已經踏入十二月，但香港的夏天一年比一年長，落雪和普選，對於這個地方來説都是不可能的。

大衛不知道落雪對 Diamond 的意義是甚麼，但見她眉頭深鎖，他有個衝動去把那個眉頭撫平。

與你情如白雪　永遠不染塵
謠傳常常是惡夢　不可心驚震
你看見雪花飄時　我這裏雪落更深
寂寞兩地情　要多信任明瞭真心愛未泯

寒梅仍能傲雪　你更加勝別人
謠言從來莫信任　真心早共印
我看見雪花飄時　對你既愛仲更深
日後我回來　最好證實原來真心愛未泯

Diamond不認識這首歌，只覺旋律雋永動聽，歌詞動人，不是今日的流行曲可以比較。她看到窗外正在飄雪，這場雪是大衛為她安排的。

．．．綠的燈．．．

趙子龍又再約瑪嘉烈外出，這次不是因為貓，他煞有介事的約她晚飯，而且在一間頗有情調的餐廳。如果約會有一種顏色，那應該是綠色，瑪嘉烈每逢和趙子龍見面，都會有一種綠色的感覺，不知不覺間總會為自己添上一點綠。

瑪嘉烈十分着重時間觀念，她對時間拿捏得很準確，意思是需要準時，她便會準時；需要遲到，她便會遲到，公務約會準時是必須的，但有些私人約會，經計算過便會適量遲一點，瑪嘉烈今晚打算比約定時間遲八分鐘；五分鐘太少，十分鐘則太多。

餐廳在尖東某酒店內，乘升降機一打開門就是餐廳的接待處，迎接瑪嘉烈的是年輕窈窕但濃妝豔抹的接待員。

「小姐，請問貴姓訂枱？」接待員皮笑肉不笑，瑪嘉烈對這家餐廳的第一印象頗差。

「趙先生。」

「趙先生……三位，七點半，這邊請。」

三位？瑪嘉烈當下有一點愕然，第三位會是誰呢？一定是大衛；更愕然的是趙子龍還未到。

「小姐，要先點飲品嗎？」侍應過來招呼。

「或許可以先看看餐牌。」對方見瑪嘉烈沒有回應，放下餐牌轉身便走。

「麻煩你，要一杯白酒。」

「好的，請問要哪一款白酒？」

「House的便好了。」瑪嘉烈只想盡快喝一啖酒，冷靜下來。

座位是靠窗的，憑窗外望就是尖東海傍。昔日尖東海傍已成了星光大道，除了俗不可耐，沒有其他形容詞，不是因為有很多一團團的旅客，而是那些所謂明星的銅像，做得很醜陋；幸好，現在那條大道暫時關閉，眼不見為乾淨。

「對不起，我遲了。」趙子龍忽爾出現在眼前。

「不要緊，我也是剛到。」瑪嘉烈看看趙子龍身後，沒有人。

「還有誰要來嗎？」她急不及待要知道答案。

「誰？」趙子龍也一臉錯愕。

「你不是訂了三位嗎？」

「哦，不，這是我的習慣，總會訂多一位，以防他們不給我這個窗口位。」

「吓？」這下反應實在有不能掩飾和裝飾的竊喜。

「原來是這樣，還以為你要介紹誰給我認識。」

「誰？你想認識誰？」趙子龍的笑意有點狡猾。

瑪嘉烈搖了搖頭。

侍應端來了白酒。

「你喝酒？」

「你喝嗎？」

「我看你喝。」

「今次又為甚麼約食飯？」

「沒有特別，只想多謝你上次包的雲吞。」

「包幾隻雲吞可以騙一餐飯吃，也不錯，以後我會多包一點。」

這時候，瑪嘉烈看到侍應從遠處引進一位客人，愈看愈面熟，想不到侍應帶了她來到自己面前。她正想開口打招呼，趙子龍站起來迎接。她是瑪嘉烈的同事 Candy，財務部那邊的，星期一至五她都只是穿半截裙和恤衫上班，顏色圍繞黑、白、灰，今晚她竟然穿了一條淺綠色的半截裙。

「這就是第三位，Candy。」

瑪嘉烈不懂得反應。

「你那麼錯愕也難怪你，這是驚喜來的。」趙子龍讓出位置，讓 Candy 坐窗口位。

窗外的聖誕燈飾忽然亮起來，有不少是綠色的。

……這邊廂……

從前，Candy 養了三隻貓，有一天她的同事瑪嘉烈為她介紹了一間寵物美容公司，因為 Candy 的貓經常都要剪毛、修甲，她和寵物美容的老闆經常要見面，於是日久生情，然後便戀愛了，這叫做寵物情緣。

有些人能夠引起別人的好奇心，你只能看到他的表面，而他也毫不掩飾他的另一面。瑪嘉烈一直覺得和趙子龍戀愛的人應該比較特別，至少不應該是一個財務，每天都會在公司談論「愛·回家」劇情的 OL，趙子龍的神秘感令她有太多不必要的幻想。

「要送你去哪裏嗎？」駕車的是Candy，她有輛白色寶馬。

「不用了，想散一下步，吃得太飽。」原本都不順路，何必勉強？

「那麼，我們不理你了。」趙子龍那句「我們」好像特別響亮。

瑪嘉烈看着他們上車，趙子龍還熱情地和她揮手道別，這個人，究竟是甚麼人？忽然有非常規的人在生活中屢次出現，那不會是偶然，趙子龍明明刻意接近自己，是他主動，她竟然對這個人存在過一秒幻想，這一刻，她只想找個洞，實在沒臉見人。

尖東的晚上很寧靜，看着那些幾十年來都差不多的燈飾，瑪嘉烈覺得有一種熟悉的感覺，有種溫暖的回憶在萌芽，她想起了大衛。自從出現了趙子龍，和大衛的生活作息便顛倒了，她甚至不太記得他甚麼時候回家，總之她上班時，他還在睡，她睡的時候，他便在工作；而她覺得這是很自然的事。

瑪嘉烈很久沒有在心裏問：「不知道大衛正在做甚麼呢？」，掛念一個人便會經常有這個問題，那證明瑪嘉烈很久沒有想起大衛。

「在哪裏？」瑪嘉烈給大衛發了一個短訊。她未必是掛念大衛，可能只是需要他，但一個你喜歡的人找你，你會介意她是掛念你，還是需要你嗎？

世事有時往往在預計之中，但有時又會在意料之外，她預料大衛會立即回覆，但是他沒有。到現在她才留意到，大衛的 Whatsapp 隱藏了最後上線時間，是甚麼時候的事？

瑪嘉烈決定打電話給他，但意料之外，大衛沒有接電話。

市道不好，滿街都是的士，不過當中不會有大衛。瑪嘉烈心神恍惚，漫無目的地在尖東漫行，一邊行，一邊看到很多一對對的情侶，平時瑪嘉烈不會為意這些情景，今晚別人的浪漫特別衝擊到她；再一次見到中庭的噴水池才發現自己已經在尖東兜了一個圈，她拿電話出來看看有沒有未接來電，有沒有新的訊息，都沒有。

大衛在哪裏呢？可能自己心虛，瑪嘉烈有一種前所未有的不安全感，萬一大衛忽然消失了，她怎麼辦？

◯ ……那邊廂……

「我想去太安樓。」

這是Diamond平伏心情之後，第一句說的話。哭泣是一個很費勁活動，痛哭完一輪，身心俱疲，可能她想去吃宵夜，補充一下體力。本市的宵夜有很多選擇，有二十四小時的茶餐廳、麥當勞、潮州菜、橋底蟹、打邊爐，大衛聽聞太安樓的宵夜很精彩，但就是從來都未去過，Diamond 這個提議真好。

太安樓如像一個迷宮，整個商場四通八達，每條路線都行得通，處處都是人，簡直如一個美食年宵。大衛一踏進已聞到濃烈的串燒味道，那種味道是小時候在街邊的檔攤才有的，想不到在這裏可以找到。

Diamond 如像有目標而來，她領着大衛左穿右插，大衛要看看左右兩排的食檔，又要看着 Diamond 的步伐，十分忙碌。轉了幾個彎，Diamond 在一個炒粉麵檔停了下來。如泰國街頭的炒粉麵檔一樣，有一個小型氣體爐、一隻鑊，老闆不停在炒炒炒，開大火，大約十秒便炒起一碟牛河。Diamond 自選了幾樣餸，然後交給了老闆，轉眼一盒炒河便交到她手上。

Diamond 並未滿足，她又兜兜轉轉，去了一燒烤檔，買了香腸、牛肉、雞翼，面前有甚麼，她就要甚麼，這不是發洩是甚麼？瘋狂買小食，都好過瘋狂買手袋。

大衛伸手拿去她手上的炒河，好讓她買得更盡情。

「喂！林美珍！」不知從何處傳來一把男人聲，然後有一隻手大力拍在 Diamond 的肩膀上。

Diamond 回頭，看到那個男人，咧嘴而笑。「喂！好久不見。」

大衛退後兩步，讓出個位置給那個男人。

他們大抵是舊朋友，他聽見 Diamond 問他的近況，那個男人在轉角開了檔雞蛋仔，生意很好，因為有食家推介，前兩年已經結婚，仍然和父母同住在樓上等等。Diamond 看來十分開心，和那個男人有講有笑談了幾分鐘，然後說再見。

「我們上車開餐。」Diamond 對大衛說。

他們一起坐在後座，Diamond 好像餓了三天一樣，一上車便打開食物，大口地吃起來。

「這個炒河十分夠鑊氣，你試試！」

大衛也不客氣，拿着筷子夾了一箸。

「吃多一點，來！」說着 Diamond 便撕開了發泡膠盒，夾了很多河粉給大衛。

「我從來都不愛吃鮑參翅肚，淡而無味，這些才是人間美食。」她一啖炒河，一口串燒，這種胃口完全不似剛流過淚的人。如何測試自己有沒有心事，胃口最老實，萬念俱灰的人是不會覺得肚餓的。

「剛才那個男人是我的鄰居，由細玩到大，怎麼他會認得我呢？通常我們只一廂情願的以為自己改頭換面，就沒有人會認得自己，但其實自己不認得自己，別人一眼就看穿。」一個咬着雞翼的女人，在講這種哲理，應該是在反映她的情緒。

「你知我在街上遇過很多熟人，我都說他們認錯人了，我不認識他們，剛才是第一個叫我真名，我才會應的人，不是我和他特別好朋友，只是不可以再逃避。」

大衛不去想像故事背後的真相，生活中不外乎是那幾個情節，不是來得太快，就是來得太遲，愛你的人你不愛，你愛的人不愛你，愈想得到的偏得不到，或者是付出與收穫不成正比，Diamond 的經歷也大抵如此吧。

Diamond 旋風式吃了一輪，伸一伸懶腰，大衛看到她的小腹好像有微微隆起，一定是吃得太飽。

「大衛。」

但凡有人認真的呼叫自己的名字，一定不是甚麼好事，Diamond 還現出一個無奈的眼神。恰巧這個時刻，大衛感覺到手提電話正在震動，看着Diamond的神情，大衛決定先不去接那個電話。

…怎麼好…

「如果我忽然消失了，你會怎樣？」Diamond 一臉凝重，問了這個問題。大衛也認真地看着她的雙眼，沒有說笑的意味

三個月未到，Diamond 已經要走了，據說她是要「移民」，移民不是一朝一夕的事，或者叫「Relocate」比較適合。

她沒有言明她將要到那裏，但明顯的是她身不由己。

Diamond 說她的人生很飄泊，成年之後，沒有一份工做得長，沒有一

間屋住得耐，沒有一段感情愛得久。

「你消失了，我便報警。」大衛的邏輯很直接，難道會自己去尋找她嗎？尋人是一門專業，要交給專業人士去做。

某一天，有人說可以給 Diamond 一個家，Diamond 相信了，對於一個沒有甚麼學歷，人生沒有清晰方向的人來說，這是一個獲得新生的好機會，縱使她對這個人不太認識，沒有選擇的人，最容易選擇相信，她便跟這個人一起。他沒有食言，的確給了 Diamond 一個「家」，那間臨海豪宅就是那個「家」，只不過，他也有另一個家，就是「妓院」。那位先生有一個嗜好，就是當「妓院」的女主人不在時，他喜歡邀請 Diamond 登堂入室，用女主人的酒杯、看女主人電視機、穿女主人的拖鞋，還有上女主人的床。Diamond 有時會有勝利感、有時會覺得難受、有時又會內疚，但她每次上去，都會裝作快快樂樂的樣子，因為那是她這個身份的義務，最後會得到勝利的女人，不會是愁眉苦臉的。

和許多男人都一樣，他說他們夫妻已經沒有了感情，離婚是遲早的問題，對，是遲早問題，不過永遠只有遲，沒有早；更差的情況是東窗事發，要走鬼，又要搬家了。

大衛和 Diamond 一起坐在車的後座，車內播着杜德偉的歌，是 Diamond 要求的，她說有些音樂，更好談話。

「之前告訴你那些離婚的故事是騙你的，想在你面前裝單身，不想你想像我是不正經的女人。」Diamond 一早已經在乎大衛如何看她。

「那麼你要搬到哪裏？」大衛本來不想問，但他感到離別在即，又想知道有沒有緣再見。

「歐洲吧，那裏接收那麼多難民。」Diamond 還真有幽默感，她沒有告訴大衛她下一站會是哪裏，可能連她自己也未知道。

「很多謝你陪我這段日子，一直以來都是他叫我去哪裏，我便去哪裏；和你一起，我想去哪裏，你都會陪我，這麼簡單的事，卻令我很快樂。」

「我幻想你是我的男朋友，我們簡簡單單的拍拖，如像一般平凡的情侶，雖然明知道就算是幻想，始終都會完結，但還是有點捨不得。」

Diamond 說完，便把大衛拉了過來自己身旁，然後給他送上一吻。

大衛以為自己會抗拒，但他沒有，一個吻，沒有甚麼大不了。不過，Diamond 似乎不想止於這一吻，她見大衛沒有抗拒，於是她更用力地擁着他，那本來淡淡的一吻，變成了熱吻。

「要不要進來？」Diamond 邀請大衛入屋。

大衛透了一口氣，他看着面前的 Diamond ，對她有點憐憫之情，而且她又要走了……

為何重逢　重逢令心緒亂
誰人仍令我偷偷眷戀
難忘情緣　唯獨是這一段
何時才讓我揮走昨天

過去已是飄遠　是你心中感受生厭
曾忘記　情如火　是你使我甘心孤獨過

今宵於街中相見仍可
狠狠的將心燒痛如我
冷冷笑面仍向我的心刺破

分手的一刻感慨良多
傷心的映畫不要重播
錯過以後仍怕這一刻再錯
繼續播放的竟然是這一首。

……真面目……

趙子龍約了大衛在一家五星級酒店見面，說有話要對他說。放工時間，那間酒店酒吧的顧客看來不是律師就是銀行家，打扮、面口都是同一個倒模。

「喝甚麼？香檳？賀一賀我！別掃興，陪我喝一杯！一杯！」

看來他有甚麼令他興奮的消息要宣布。

趙子龍要結婚，對象是瑪嘉烈的同事 Candy，他們只相識幾個月，大家可算是一見鍾情。他說 Candy 很欣賞他創業的熱情，而且她也很愛小動物，而他最喜歡的是她豐厚的家底，可以支持他擴展寵物國王。

「找到個女人欣賞你，很容易，但找個欣賞你，還要是有錢的，卻很難，我真的幸運。不要浪費太多時間在感情生活上，和誰結婚沒有甚麼所謂，男人最緊要看事業。」趙子龍説話時，還加了點擠眉弄眼，以前好像沒有的。

眼前這個趙子龍，好像變了另一個人，還是他本來就是這樣？大衛其實都不太認識他。

「我們會在大坑、西九、沙田開舖，地舖啊！專注寵物美容和拓展寵物殯儀服務，殯儀真是一門很好利錢的生意，有生就有死，怎麼我想不到呢？Candy 還真有生意頭腦，她家是做罐頭生意，我們打算做中式狗糧，當然不會在香港賣，香港人喜歡扮西人，連養的狗明明是老唐，應該叫阿財、阿旺，但卻叫牠們做 Whisky、Snowball、Burger，香港市場太細了，我們的目標就是中國，中式狗罐頭有噱頭，呀！你猜如果做狗肉味的狗罐頭，那麼些狗狗知不知道呢？哈哈哈……」

大衛幾乎沒有出過一句聲，朋友得到美滿前途總是好的，趙子龍閃婚的動機非常明顯。生活真的逼人，Diamond、趙子龍都是這樣選擇，每個人的故事也不同，誰又有資格去批判誰？大家都不過是相識一場。趙子龍找到了出路，他不再需要大衛的七人車。

「車匙還給你，感謝你的拔刀相助，還有瑪嘉烈讓我認識了Candy，你們兩個真是我的貴人，感情又好，真是令人羨慕到妒忌。」趙子龍舉杯和大衛飲勝。

「我有一份禮物，送給你們兩個，已放在車上，希望你們喜歡。」

趙子龍看看手錶：「我約了Candy，今晚去選結婚戒指，派帖時再找你們，再見！」

說完趙子龍便急急離開了，大衛覺得下一次再見面可能會是下一個廿年，還要在街上遇到才有這個機會，因為他不想再見到這個人，大衛覺得有點點兒被利用的感覺。

大衛看着那輛七人車，才幾個月，外貌還是新簇簇的，竟然有蒼老感，一輛車的確盛載了很多故事，大衛開始懷念他那輛的士，簡簡單單。預備發動引擎時，後座傳來聲音，似是甚麼在嗚咽，把他嚇了一驚，趙子龍的禮物？大衛回頭看看，一個粉紅色的寵物籠放了在乘客位。真的非同小可，怎麼說都是生命來的，大衛查看究竟，打開籠蓋，那是一團白色，是一隻小白貓。大衛有點手忙腳亂，他不知如何是好，抱牠出來又怕牠走，還是把籠關好。

瑪嘉烈會不會喜歡這只貓呢？

◎ ……面對面……

一打開大門，大衛聞到瑪嘉烈的味道，從廚房傳來的飯香，久違了的家常便飯。大衛不是一個大男人，但他最喜歡的一種感覺，就是有人等自己回家，若果那個人可以一邊煮飯一邊等他，那便更加好。

大衛覺得和這種關係再度重逢，感情都是一個循環，分久必合，合久必分，沒有永遠的低潮，也沒有永遠的熱情。最近，瑪嘉烈和大衛的關係又好像回到最初，大家似是沒有刻意的做過甚麼，總之那種親密一夜之間便回來了。

「今晚有粉葛鯪魚湯、蘿蔔炆牛腩，還有蒸魚，希望你肚餓啦！」瑪嘉烈今天的心情應該很好，一個人的喜悅是可以從聲音顯露出來的。

在廚房忙完的瑪嘉烈出來迎接大衛，還看到他手上拿着的寵物籠。

「哪裏來的？」瑪嘉烈有點難以相信。

「趙子龍送給我們的。」大衛把籠放在地上，然後打開門，一團軟綿綿白色的慢慢挪動出來。

那是一隻白貓，已經有人類半截手臂那麼大，牠重獲自由後先有一點緊張，慢慢便四處都嗅一下。瑪嘉烈那有不認得這白貓的道理？她如在街上遇上舊情人，不知應否打招呼。

「我也不知怎處置牠好，你喜歡嗎？」

「為甚麼送給我們？」

「怎麼知道？如果你不喜歡，我便退回去。」

瑪嘉烈伸手抱起那小貓，輕撫她的耳背、眉心，手勢十分純熟，小貓十分受落。

「牠好像很喜歡你。」大衛看着貓，不知如何入手，他不知道他倆可曾是舊相識。

「趙子龍要結婚，不做寵物美容車，嫁入豪門，做寵物王國。」大衛簡單幾句交代趙子龍的近況。

「還說多謝你讓他認識 Candy，那個 Candy 是甚麼人？」

「Candy？我公司的Finance，寂寞中女，上次就是她喝醉了，又不知道她住哪裏，迫於無奈要讓她在我家過夜，還嘔足一晚。」瑪嘉烈語氣平靜。

「嗯？」大衛當然記得這件事。

「你不記得嗎？你還好像因為那晚我沒有回家，嬲了一陣子，不是嗎？」瑪嘉烈放低小貓，那貓也不怕陌生之地，隨便四處參觀。

「嬲？嬲甚麼？我不記得了。」

「真的嗎？」

「忘記了。」大衛跟着那小貓。

「我們養貓嗎？」他問瑪嘉烈。

「你決定吧，我決定先開飯。」

瑪嘉烈走進廚房，倒了一杯冰水，一口氣喝下去。

大衛掩飾得很好，他的心其實快要跳出來，一直未解開的疑團，原來就是這麼簡單，他怎麼會懷疑瑪嘉烈呢？他實在太不該，太慚愧了，情侶最重要的是互相信任。他抱起那小貓，瑪嘉烈好像喜歡牠，就這樣吧。

「為牠改個甚麼名字好呢？不如叫小白？普洱？」

「叫燒賣吧。」瑪嘉烈若無其事，捧着餸菜行出來。

「燒賣？好聽嗎？」

「我記得趙子龍告訴過我，他有兩隻白貓，男的叫蝦餃、女的叫燒賣。」

「哦……不改過另一個名嗎？換新屋、新主人，改名換姓，重過新生，不好嗎？」

「有需要嗎？人總有歷史，貓都一樣，要接受牠，就要接受牠的全部。」

「嘩，牛腩好香。」大衛看到那一桌的美食，他決定將瑪嘉烈的弦外之音拋諸腦後，無論甚麼原因令她有這個想法，無論有歷史的是她，還是貓，都不要緊，重要的是，他和瑪嘉烈可以面對面，一起吃飯。

○……抱緊我……

▲「陪我說話。」

●「你想說甚麼？」

▲「為甚麼我們不去看杜德偉」

●「你喜歡他嗎？今次演唱會好像沒有唱這首歌，我看 Facebook 說他唱得很不好，音響又差，唯一亮點是脱剩三角褲。」

▲「我只想聽他唱一次《抱緊我》，那是我最喜歡杜德偉的歌，下次再去吧，總有一次會唱的，但不知下一次是幾時。」

●「聽唱片不可以嗎？聽現場有甚麼好呢？大部份的現場都比唱片唱得差。」

▲「聽現場就好像一直幻想他在你面前出現，原來那是真的。」

●「但現實和幻想通常都有距離。《抱緊我》好聽嗎？早期的我比較喜歡《等待黎明》、《忘情號》，他的快歌比慢歌好。」

▲「也不是呀，《抱緊我》很好聽，還有《不要重播》。他人又靚，歌又好聽，又識跳舞，為甚麼不紅呢？」

●「能否走紅，有時和能力沒有直接關係。《不要重播》受歡迎時，你正在做甚麼？」

▲「那首歌我後來才喜歡的。」

●「為甚麼呢？」

▲「因為……拍拖。」

●「拍拖對你的影響力真的不算少，去那裏食車仔麵啦、聽甚麼歌啦，看甚麼戲啦，統統都是情人帶給你的。」

▲「但我不是因為那個人，我才喜歡那隻歌，是因為那隻歌是見證那一刻的快樂，所以印象特別深刻。」

●「那一刻在做甚麼？」

▲「沒有做甚麼，他只不過是駕車送我回家時，收音機在播這首歌，他跟着唱，那是我第一次聽他唱歌，所以我記得。」

●「那麼，以後你聽到這首歌，都會想起這個畫面嗎？」

▲「對。」

●「有辦法能夠改變這個記憶嗎？」

▲「嗯……或者有另一個人唱給我聽，或許可以吧。」

為何重逢　重逢令心緒亂
誰人仍令我偷偷眷戀
難忘情緣　唯獨是這一段
何時才讓我揮走昨天

過去已是飄遠　是你心中感受生厭
曾忘記　情如火　是你使我甘心孤獨過

今宵於街中相見仍可
狠狠的將心燒痛如我
冷冷笑面仍向我的心刺破
分手的一刻感慨良多

傷心的映畫不要重播
錯過以後仍怕這一刻再錯

●「以後聽到這首歌，你只可以想起我，我也只會想起你。」

▲「你個人愈來愈霸道，歌又唱得爛。」

第一章

大衛把七人車賣了，他覺得那是不祥之物，有了那輛車之後，和瑪嘉烈的感情好像有點阻滯，賣了，感情又如回到最初。

農曆新年即將到來，瑪嘉烈要求大衛去買一些年花，但不要桃花，背後的意思很明顯了吧。年尾的花墟的確人山人海，大衛自己先隨便逛逛花檔，他對年花沒有甚麼喜好和認識，他反而喜歡桔，大吉大利，意頭好，水仙也不錯，勝在耐放，但總不能只買盤栽，也要買點紅的，高高興興，配合新年氣氛。

大衛看着花檔的花，不知怎樣選擇，這時他聽到身後有人說：「給我半打富貴子，兩條銀柳，另外那盤水仙也要的。」

聲音很熟，大衛回頭一看，那不是Diamond嗎？

不是，那不是Diamond，那是一個孕婦，雖然她戴着一副太陽眼鏡，但不是Diamond，她旁邊有一個好像保鏢的物體，拿着一袋二袋在等候。大衛呆呆的看着她，只見她落了柯打之後便登上泊在旁邊的豪華房車，留下保鏢和花販交涉。

大衛覺得自己可能多心了，那怎會是Diamond，她明明說要離開這裏，又怎會出現在花墟？

「麻煩你，我要兩條銀柳、半打富貴子，還有一盆桔。」大衛不知怎的，要了疑似Diamond一樣的年花，沒有其他原因的，他只是不想用腦。

大衛買好了之後，便匆匆離開，拿着花和桔，朝自己的的士走去。他離遠已經看到車頭玻璃攝了一張告票，他悻悻然的把花搬上車；自己上車之後，他先打了一通電話給瑪嘉烈，告訴她任務完成，現在正前來接她放工，然後便啟動的士，離開花墟。

他不知道，他的一舉一動都有人隔着玻璃，看着他，直到他的的士遠去。

「太太，我們現在去哪兒？」

「回家。」

「是。」

「播點音樂吧。」

大衛來到瑪嘉烈辦公室樓下，他接過瑪嘉烈很多次，又隔了一陣子沒有來，今天再來到，竟然又有期待的感覺，戀愛真是一件奇怪的事情。

瑪嘉烈從大廈出來了，她離遠已經見到大衛，臉上掛着燦爛的笑容，這個笑容大衛記得，他們最初約會時都出現過在大家的臉上，早前消失了一陣子，現在回來了。感情生活有許多芝麻綠豆的人和事來考驗我們，有些人通過考驗，有些不；不過兩個人的心如果在同一軌道，就算航道有點偏差，最後都能回到大家身邊。

瑪嘉烈和大衛仍然過着快樂的生活。

WE PRESS
香港人出版

書名 瑪嘉烈與大衛的綠豆
作者 南方舞廳
出版人 王凱思
出版 香港人出版有限公司
WE Press Company Limited
地址 香港灣仔皇后大道東 109-115 號智群商業中心 14 樓
網址 www.we-press.com
電話 (852) 6688 1422
電郵 info@we-press.com
印刷 亨泰印刷有限公司
香港柴灣利眾街 27 號德景工業大廈 10 字樓
設計 WHTIHVDONE (www.whtihvdone.com)
ISBN 978-988-14230-7-8
出版日期 2016 年 1 月 第一次版 香港
2016 年 5 月 第二次版
2016 年 6 月 第三至五次版
2016 年 7 月 第六次版
2016 年 12 月 第七至九次版
2019 年 7 月 第十次版

書價 HK$78